「まだ、だ。もっと……なにも見えなくなるくらい溺れるんだ」
持ち上げるようにして乳房を掴まれ、その先端を指で押し上げられる。
強欲を示すように胸元を強く吸われれば、
まどろみかけていた意識を引き戻され、ふたたび快楽の渦へと呑み込まれた。

王子な騎士団長は薬草好きの令嬢を溺愛してめとりたい

熊野まゆ

Vanilla文庫

王子な騎士団長は薬草好きの令嬢を溺愛してめとりたい

目次

イラスト／氷堂れん

第一章　生真面目な王子殿下

　メルヴィル伯爵領の薬草園は、訪れた人の目を豊富な緑で楽しませ、さまざまな香りを漂わせて人々を奥へと誘《いざな》う。薬草園の造りをよく知った者が供をしていなければ、迷宮さながらの広大さにまごつく。

　赤茶色の煉瓦《れんが》で舗装された薬草園の小径《こみち》を、ローズマリー・メルヴィルは淡褐色の瞳を輝かせて駆けまわっていた。

　冬の終わりを告げるように柔らかな風が吹いて、ローズマリーのウェーブがかった鳶色《とびいろ》の髪を優しくなびかせる。春はもう目前である。

　ハーブごとに区分けされた花壇を観察しながらローズマリーは邸《やしき》のほうへと向かって歩く。その途中で何匹ものクマに出会う。本物ではなく、樹《き》を刈り込んで造られたものだ。

　この薬草園にはクマの形をしたこのようなトピアリーが点在している。

　ローズマリーの父親であるメルヴィル伯爵は若かりし頃、狩りに入った森でクマを見つけた。遠くから眺めただけらしいが、それ以来、父親はクマの雄大さに惚《ほ》れ込《こ》んでいる。

ローズマリーは伯爵邸のエントランスホールに入る。そうして目に飛び込んでくるのはクマの絵画だ。等身大というだけあって、背丈の何倍もある。

仁王立ちするクマの絵画を横目に階段を上り、妹の部屋へと向かう。ノックをすると、中から「お姉様よね？　どうぞ」という声が返ってきたので扉を開けた。

ちょうどメイドがデイジーの首に薬を塗っているところだった。一人掛けのソファに座っていたデイジーもまた腕に手をあてがい、白い薬を塗り伸ばしている。

「おはようございます、お姉様」

ローズマリーは「おはよう」と言葉を返してほほえみ、部屋の壁際に置かれていたティーワゴンの前に立ち、そばにいたメイドと一緒にハーブティーの準備をした。

デイジーは日に三回、全身に白色の薬を塗る。このアトケという塗り薬は隣国オルグラナから輸入しているもので、国内では生産していない。ほかの塗り薬は肌に合わないのだ。

塗り薬を欠かせば肌に湿疹《しっしん》ができ、眠っているあいだに無意識に搔《か》き壊してしまう。したがってローズマリーはデイジーに、かゆみを抑えるとされるカモミールをベースに——日によって足すものを変えて——茶を淹《い》れている。

ブレンドするのは、甘味《あまみ》の強いリコリスや上品な香りのリンデンだ。そうして淹れたハーブティーはアトケに比べれば気休め程度でしかないのかもしれないが、デイジーは「おいしい」と言って喜んで飲んでくれる。

ハーブティーに興味を持つようになったのはデイジーがきっかけだった。

『茶を淹れるのはメイドの仕事』と言われ、初めは周囲によい顔をされなかったが、デイジーのためになにかしたいという気持ちを両親は汲《く》んでくれた。

いまは皆が理解してくれていて、ローズマリーがハーブティーを淹れることに難癖をつける者はメルヴィル領内にはいない。

しだいにハーブそのものに強く惹《ひ》かれ、薬草園に出入りする植物学者に師事し、ハーブについて学んだ。

これは、薬草園事業を営む辺境伯爵家の令嬢だからこそ許されるのではないかと思う。王都の、たとえば公爵令嬢ともなればこうはいかないだろう。

ローズマリーはハーブを使って茶を淹れたり料理をしたり、ハーブから抽出した精油をブレンドしてマッサージオイルを作ったり……と、とにかくハーブが大好きだった。

「ねえ、デイジー。今日もよく晴れているから、クマたちを外へ出しましょうか」

「ええ、お姉様。クマちゃんたちをぽっかぽかにしてあげなくちゃ」

デイジーの部屋にはクマのぬいぐるみがたくさんある。ベッドにも溢《あふ》れんばかりだ。朝になれば何体かカーペットの上に落っこちている。

そんな大量のクマたちは晴れの日にはすべてテラスで虫干しする。デイジーのメイドだけでは手が足りないのでローズマリーも手伝うことにしている。デイジー自身もそうだ。

辺境地のせいでこのメルヴィル伯爵領はどこも手が足りない。使用人は常に募集中の状態だ。

この邸には最低限の人数しかいないので自分たちもクマたちをテラスへ運ぶわけだが、楽しみながらしていることだ。

妹の部屋をあとにしたローズマリーはふたたびエントランスへ向かい、邸の外へ出た。

メルヴィル伯爵邸の裏手――薬草園の反対側――には騎士団の屯所《とんしょ》、メルベースがある。

門番とは顔見知りなのでローズマリーは正門を素通りして給湯室まで行くことができる。

石造りのこぢんまりとした給湯室の棚にはドライハーブが並んでいる。すべてローズマリーが持ち込んだものだ。

ここメルベースもまた伯爵邸と同じで、人員は最低限しかいない。ローズマリーがこの給湯室に出入りするようになったのも、ここで唯一茶の給仕をしていた女性が高齢で、体調を崩しがちになったからだった。

ローズマリーが給湯室でハーブティーの準備をしていると、団員たちが入れ替わり立ち替わりやってくる。

領主の娘ということで、団員たちは初めこそ遠慮していたが、いまではすっかり打ち解けて、皆が気さくに話しかけてくれる。

「今日はちょっと胃の調子が悪いんだ。昨日、食べ過ぎたせいかなぁ……」

「まあ、大丈夫？　だったら……そうね、アーティチョークのハーブティーを淹れようかしら。ミントもブレンドするわね」

この団員はミントのすっきりとした香りを好む。

「ああ、頼むよ」

団員は嬉《うれ》しそうにそう言ってスツールに座った。ローズマリーはせっせと両手を動かして茶を淹れる。

ハーブティーのブレンドを決めるのはローズマリーだが、茶葉の入れ替えや茶器を洗うというような作業は団員たちも手伝ってくれるので助かっている。

そこへ兄のノーマンがやってきた。

「やっぱり来ていたね。団員たちがぞろぞろとここへ入っていくから、ローズマリーが来たことはすぐにわかるよ」

ローズマリーの三人いる兄の中で最も年齢が近いノーマンは、このメルベースに常駐している第一小隊の隊長だ。ローズマリーが給湯室に来ると、決まって顔を出す。

「さあ、ローズマリーも座ったら？」

「はい、お兄様」

ローズマリーは自分用にカモミールティーを淹れて席につき、団員たちとテーブルを囲んだ。

「隣国オルグラナに留学していた第三王子が、ガードナー団長に代わり新たな騎士団長に就任することになったよ」

ノーマンがそう話すと、団員たちは「へえ」だとか「それはまた」とそれぞれ反応を示した。そのような内部情報を、部外者の自分が聞いていてもよいのだろうかと思ったが、だれにも咎《とが》められなかった。

「ガードナー団長はずっと『そろそろ引退だ』って言ってましたもんね」

団員のひとりが言った。ノーマンは「そうだね」と相槌《あいづち》を打つ。

「次期団長となる方は第三とはいえ王子なのだから国政にかかわることもできるだろうに、そうはせず自ら志望して騎士団長になったらしい。そして就任早々、メルベースにしばらく常駐するそうだ。まったく、風変わりな王子様だね」

ノーマンがいささか否定的な言い方をしたからか、団員たちは「なぜメルベースに常駐するんでしょうね」と首を捻《ひね》って表情を曇らせた。

ローズマリーはカモミールティーを一口だけ啜《すす》り、リンゴに似た甘い香りとまろやかさを堪能しながら考える。

――第三王子殿下……どんな方かしら。

ルノエ国にいる三人の王子のうちただのひとりにもローズマリーは会ったことがない。

彼らは王都の茶会や舞踏会にしか出席せず、辺境地にはやってこないのだ。

第三王子に至っては隣国に留学していたということだから、なおさら顔を合わせる機会がなかった。

「だが第三王子殿下……レッドフォード侯爵と呼ばれているそうなのだけれどね。実力は申し分ないそうだ。馬術に長《た》け、剣の腕はガードナー団長以上だとか。弓にしたってそう。なにをするにも右に出る者がいないという噂《うわさ》だよ」

ノーマンは、新しい団長の就任前に懐疑的な印象を抱かせてしまったのはまずいと思ったらしかった。取り繕うような言葉だったが、団員たちは「実力は申し分ない」という点に安心したのか一様にほほえむ。

いっぽうローズマリーもまた深く感心する。

——ガードナー侯爵の馬術も剣の腕も、相当のものだわ。

現団長であるガードナー侯爵はいま、王都にある別の屯所にいる。ルノエ国内外に現在紛争はなく、騎士団長といっても専任ではなく地方領主を兼任しているのが現状だ。

ガードナー侯爵もまた例に漏れず、団長としての書類仕事と所領の仕事を両方こなしている。

ただ、領主との兼任とはいえ有事の際は陣頭指揮を執り第一線で活躍することになるため、騎士団の団長となる者は当然、強く逞《たくま》しくなければならない。

ガードナー侯爵はクマのような大柄な男性だ。

メルベースの鍛錬場で彼が団員たちと手合わせするのを見たことがあるが、大剣を振りまわす様は『守護獣』という異名にふさわしく勇壮だった。

しかしそんなガードナー侯爵以上とは、第三王子のレッドフォード侯爵はいったいどれほど筋骨隆々な男性なのだろう……と、ローズマリーは思いを馳《は》せた。


兄のノーマンから「新しい団長が来る」という話を聞いて一週間ほど経《た》ってからのこと。

ローズマリーはメルベースの屋上にいた。沈みゆく夕陽《ゆうひ》とともに薬草園を眺めるのが、一日の終わりの楽しみだ。

大きく息を吸い込めばほのかにハーブが香る。ローズマリーは白い柵に手をついて目を閉じだ。

コツ、コツ、コツ……と足音が聞こえた。

——お兄様？　それとも、団員のだれかかしら。

いったいだれがやってきたのだろうと、閉じていた目をパッと開けて振り返る。

ローズマリーは思わず息を呑《の》む。そこにいたのは兄でも、騎士団員でもなかった。

男性の双眸《そうぼう》がこちらを捉えて放さない。その瞳は、摘んだばかりのミントの葉を陽《ひ》に透けさせたときのよう。じつに鮮やかな緑色だった。

夕暮れの光を浴びた銀色の髪はまるで夜露を無数に散りばめたように燦然《さんぜん》と輝いている。緩く結われ、左肩に垂れている銀髪を、屋上に吹きすさぶ風がひらひらと揺らす。

ローズマリーは彼から目が逸らせなくなった。まるでなにかに取り憑《つ》かれたように魅入ってしまう。

「……きみは？」

その声は低く、どことなく硬かった。白い上着の襟元には獅子《しし》と月桂樹《げっけいじゅ》の金刺繍《ししゅう》が施されている。その紋章を金で衣服に刺繍することは、ルノエ国では王家の者にしか許されていない。

――お兄様が話していらした、新しい騎士団長の……！

ルノエ国第三王子、ジェイラス・レッドフォード侯爵に違いない。ローズマリーは慌てて挨拶をする。

「お初にお目にかかります。ローズマリー・メルヴィルと申します」

すると彼は「騎士団長に就任したジェイラスだ」と口早に挨拶をした。そんな彼を、ついい凝視してしまう。

――想像していた方とは全然違う！

クマのような大男なのかと思いきや、ふだん絵画で目にしている動物とは似ても似つかない。長身で逞しいのには違いないが、無骨さはなく王子然としている。

――ううん、本物の王子様なのだから。

正真正銘の王子に向かって『王子然』などとは失礼な話だ。そしてその麗しき王子がなぜこれほど眉を顰《ひそ》めて険しい顔をしているのか、ローズマリーにはわからなかった。

「ここメルベースは本来、部外者が立ち入ってよい場所ではない」

明瞭な発音で放たれた静かな言葉に、ローズマリーは瞬時に萎縮する。

「もっ、申し訳ございません！」

深く頭を垂れて謝意を示す。前任の騎士団長であるガードナー侯爵には許可を得ていたが、彼にはまだだ。

「これまでメルベースの給湯室で皆さんにハーブティーを淹れておりました。できればこれからもそのようにさせていただきたいのですが、よろしいでしょうか？」

おずおずと尋ねると、レッドフォード侯爵はその秀麗な眉を苦々しげに寄せた。

「その件は前任のガードナー侯爵に聞いて知っている。人員不足ゆえのことだと。だが有事の際はきみに危害が及ぶともわからない。したがってメルベースへの出入りは控えてもらいたい」

こちらを気遣うような、穏やかな調子で彼が言った。それでも、なにか見えない線を引かれた気がしてくる。

だが彼が言っていることは尤《もっと》もだ。給湯室に出入りしていれば、先日のように『新しい

団長がやってくる』というような情報も耳にしてしまう。

もちろん他言するつもりなどなかったが、団長ならばそういう情報漏洩《ろうえい》の危険も抑えるよう管理するのが務めだ。

——それに『有事の際』に、私では役に立たないどころか足手まといにもなるわ。

いままですっかり周囲に甘えてしまっていたのだということを痛感したローズマリーは反省して頭を垂れる。

「分をわきまえぬ発言をしてしまい……重ねてお詫《わ》び申し上げます」

自身の軽率な言動が恥ずかしくなる。そのせいで視界がぼやけてきた。ローズマリーは涙を悟られまいと口早に「失礼いたします」と言い、レディのお辞儀をしてその場をあとにした。

——私が伯爵令嬢でなかったら、メルベースの給湯室で働くことができたのかしら……。

階段を駆け下りながら逡巡《しゅんじゅん》する。レッドフォード侯爵もまた「伯爵令嬢がハーブティーを淹れるなど」と思っているのだろうか。いや、そういう言い方はされなかった。

とにかく事実として、メルベースの給湯室へは正式な手続きを経ずに出入りしていたのは間違いない。本来なら、外部の者がメルベースに立ち入るには入場許可証が必要になるはずだ。

団員たちは皆が左胸に揃《そろ》いのロゼット——獅子と月桂樹が描かれた銀色のもの——をつ

けている。メルベースへ入るときだけでなく、騎士団の別の屯所や本部へ行くときには必ずそのロゼットをつけていなければならないとされているので、それが入場許可証なのだろう。

メルヴィル伯爵邸の私室に戻ったローズマリーはソファの座面に突っ伏して目を瞑《つぶ》る。そうして浮かんでくるのはジェイラスの顔だ。もうメルベースへは行けないから彼に会うことはない。

――それなのに……どうして？

もう一度会って話をしたいと思ってしまっている。この期に及んでまだ、メルベースに無許可で出入りしていたことの言い訳をしようというのだろうか。

ローズマリーはふるふると首を横に振り、深く息をついた。


「今日はおまえの体調が悪いのかとほぼ全員に訊《き》かれたよ」

メルベースから伯爵邸に帰ってきたノーマンはげんなりしたようすで肩を落とした。食堂のテーブルには晩餐《ばんさん》が並べられていたが、それには手をつけず項垂《うなだ》れている。

「けれど、団長がだめだと言うのだから仕方がない。いままで出入りできていたのがむしろイレギュラーだったんだよ……。防衛上はたしかに、おまえのようなレディが出入りしていい場所じゃあない。レッドフォード団長の言うことは正しい。団員たちもそれはわかっているけれど……。ローズマリーのハーブティーには思いのほか癒やされていたようだね」

兄の言葉に、ローズマリーは返す言葉が見つからない。

「でもまぁ、おまえがいないのにもすぐ慣れるさ。だからローズマリーも気にしないように」

「……はい、お兄様」

ローズマリーは俯《うつむ》いたまま、グラスの水を一口だけ飲んだ。

それから一週間後。今度は朝食の席でノーマンが愚痴をこぼす。

「ローズマリーの代わりに交代でハーブティーを淹れることにしたんだけれどね。どうもうまくいかない。どうしようもなく不味《まず》いんだ。やり方はあっているはずなのに……なにがいけないいんだろう」

団員たちの好みや、彼らの体調に合わせてハーブの量を変えたりブレンドしたりしていたので、そのせいかもしれない。

「皆さんの好みを紙に書いてお渡ししましょうか」

「いや……紙に書かれていることを律儀に守るような連中じゃないからね」

「そう……ですね。それに、その日の体調は会ってみなくてはわかりませんし」

「打つ手なしか。はあ、団員たちの不満は募るばかりだ。ローズマリーのハーブティーには魔法がかけてあるから美味《うま》いんだとか言うやつまで現れる始末だ」

「まさか、そのようなことは」

「ああ、ないと断言はしている。けれど皆、ローズマリーが淹れるハーブティーが恋しいようだよ」

今日は休日で、ノーマンは非番だからかのんびりしている。ところが急に「あっ」と声を上げた。

「そうそう、今日の昼過ぎにね、団長がうちに来ることになっている。メルベースの給湯室にだけでも出入りできないか、もう一度訊いてみたらどうだい」

「わ、私がですか⁉」

「あたりまえじゃないか。僕はレッドフォード団長の部下だぞ。軽はずみにそんな提言はできない。昇進にかかわるし、身びいきが過ぎると思われるのも困るし」

「もうっ、お兄様ったら！」

出世することばかり考えている……とまでは言わないが、伯爵家の三男である彼は少しでも高い地位を獲得して長兄たちを見返したいという思いもあるのだろう。

——でもどうしましょう。私がメルベースに入るのは、どれだけ交渉してもきっと無理よ。

それにやはり部外者は立ち入るべきではないといまは思っている。

前任のガードナー侯爵がいくら「いい」と言ってくれたからといって、その言葉に甘えてなにも考えず軽はずみな気持ちでメルベースに出入りしていたことを少し後悔もしていた。

ローズマリーは手に持っていたナイフとフォークを置いて考える。

――メルベースに入ることが問題なのだから、そうせずにハーブティーを振る舞えばいいのよね?

妙案を思いついたローズマリーは「これしかない!」と意気込み、メルヴィル伯爵邸にやってきたジェイラスを出迎えた。

彼を見るなり心臓がトクンと音を立てる。

ハーブティーのことを交渉しなければと気負っているせいだろうか。メルベースに行かなければもう会えないと思い込んでいたが、彼は騎士団の団長である前にレッドフォード侯爵であり第三王子殿下なのだ。領主の娘として会う機会はあるに決まっている。

ジェイラスは初め、応接室で父親に挨拶をしているようだった。その後、ノーマンが彼を庭へと連れだす。

「団長にはぜひ薬草園を見ていただきたいです。妹のローズマリーがご案内いたします。薬草にとても詳しいので」

するとジェイラスは「そうか」とだけ返した。

「ローズマリー、頼んだよ」と小声で言い、ノーマンは力強く頷《うなず》く。薬草園の案内というよりも、メルベースへの出入りについてしっかり交渉してくれよという意味合いのほうがきっと強い。

「ノーマンは来ないのか？」

いささか驚いたようすでジェイラスが言った。

「はい。薬草園に入るとどうも鼻がむずむずしますので、申し訳ございませんが僕はここで……」

ノーマンは嘘《うそ》は言っていない。本当にそのとおりなのだ。

――あとでお兄様にエルダーフラワーティーを淹れなくちゃ。

兄曰《いわ》く、スパイシーさを持つエルダーフラワーのハーブティーを春に飲むと、鼻のむずむずとした感じが幾分か和らぐそうだ。

ジェイラスは眉根を寄せて、なにやら不服そうに「わかった」と呟《つぶや》いた。

「どうぞ、こちらです」

ローズマリーが薬草園の案内を始めても、ジェイラスは黙り込んでなにも話さない。

――私がメルベースに出入りしていたこと……まだ怒っていらっしゃるのかも。

「あの……殿下。先日は許可なくメルベースに入ってしまって本当に申し訳ございませんでした」

あらためて謝罪すると、ジェイラスはそんなことすっかり忘れていたというような調子で「そう何度も謝る必要はない」と答えた。

——あら？　そのことを怒っていらしたわけじゃないのね。

ではなぜこうも表情が硬いのだろう。兄が一緒だったときはこうではなかった。

——なにはともあれ、まずは薬草園をしっかりとご案内しなければ！

伯爵邸に来客があったとき、迷路さながらの広大な庭を案内するのはローズマリーが得意とする役目だ。

ローズマリーは小径を歩きながらメルヴィル伯爵家のルーツを話す。

もう百年は昔のことになるが、隣国オルグラナの修道士がこの伯爵領に立ち寄った際、当時の伯爵と懇意になりこの薬草園を造ったそうだ。したがって、オルグラナから種を輸入して植えたものがほとんどである。

このメルヴィル領は薬学大国であるオルグラナとの国境にある。気候はそれほど違わないのでよく育つ。

「たしかにこの薬草園はオルグラナのものとよく似ている」

ジェイラスはオルグラナに留学していたと兄が言っていたのを思いだした。そのせいか、懐かしむような目であたりを見まわしている。

「ああ、お嬢様。ご一緒にいかがですか」

薬草園の手入れをしていた庭師が鋏《はさみ》を掲げて話しかけてきた。どうやら木の陰になって、ジェイラスの姿が見えないらしい。

ローズマリーは「少し失礼いたします」とジェイラスに断って庭師のもとへ駆けた。

「ごめんなさい、いまお客様をご案内している最中なの。またあとでね」

「おや、そうでしたか」

ジェイラスがこちらへ歩いてくる。彼を見るなり庭師はすっかり萎縮して、深く頭を垂れた。ローズマリーは早足でジェイラスのもとへ戻る。

「申し訳ございません、殿下」

「いや、かまわないが……きみはいつも庭師と一緒になにをしているんだ？」

「ハーブ摘みです。私たちが邸で使うぶんは、加工場へ出荷するのとは別に収穫していますす」

メルヴィル領内にある薬草の加工場に卸してもまだ余るので、それとは別に自分たちでハーブを摘み取り乾燥させたり、そのままフレッシュハーブティーとして飲んだりしている。

――殿下も、私のこと……レディらしくないってお思いになるかしら。

ハーブを摘むのも、それをもとに茶を淹れるのも本来なら伯爵令嬢のすることではない。

両親や兄たちはもはや気にしていないようだが、この話をすると眉を顰《ひそ》める客人は多い。

「なるほど、楽しそうだな」

微笑したジェイラスから発せられたその一言に、ローズマリーはぽかんとする。彼は、それまでの硬い表情が少しはほぐれているようだった。

そういえば、ジェイラスにはメルベースへの出入りを咎められただけで、「レディなのに茶の給仕をするなんて」と非難されたわけではない。

「はい、あの……すごく楽しいです。そんなハーブティーを皆さんに飲んでいただけることが、すごく嬉しいのです」

ローズマリーは密《ひそ》かに大きく息を吸い込む。

「ですから殿下、メルベースの裏門で皆さんにハーブティーを淹れて差し上げてもよろしいでしょうか？」

「んっ？」

歩きだそうとしていたジェイラスだったが、足を止め、目を丸くしてこちらを振り返った。

「いや、だが……」

ジェイラスは困ったような渋面を浮かべる。

「どうかお願いいたします、殿下。お伺いするのは裏門までで、メルベースの内部へは決して立ち入りませんので」

ローズマリーは両手を胸の前に組み合わせて懇願する。ジェイラスはますます困惑した顔になりながらも、とうとう首を縦に振る。

「……わかった。だがきみの、無理のない範囲でな」

「ありがとうございます！」

――よかった、これでお兄様も納得してくださるわ。

ローズマリーは表情を明るくして、薬草園の案内を再開した。


翌日、ローズマリーはメルベースの裏門にティーセットと砂時計を運んだ。ハーブごとに適切な抽出時間が異なるので、砂時計はハーブの種類に合わせて何度かひっくり返す。

顔見知りの団員、オスカーが熱湯を持ってきてくれる。オスカーは「まったく、こんなところできみにハーブティーを淹れさせるなんて団長はひどい」と愚痴を言っていたが、ローズマリーは「私がどうしてもとお願いしたの」と笑って、オスカーにティーカップを差しだした。

「……っ、くしゅん！」

メルベースの裏門でハーブティーを淹れるようになって四日。まだ春先なので曇天だと冷える。

このところずっと天気がぐずついている。屋外でハーブティーを淹れるのは辛いものがあるが、団員たちは喜んでくれているのでよしとする。

――あっ……今日もいらしたわ。

ローズマリーが裏門へ来ると、団員たちに交じってジェイラスも顔を出すようになった。彼の顔を見るとどうもそわそわしてしまう。彼はなにをするでもなく、ローズマリーがハーブティーを淹れるのをいつも興味深そうに眺めている。

「殿下もいかがでしょうか？」

これまで毎日、こうしてハーブティーを勧めてきたが断られてばかりだった。

「そうだな……貰《もら》おう」

ローズマリーは顔を上げて彼を見る。

――飲んでくださるの⁉

心を弾ませながらローズマリーは続けて尋ねる。

「これまでに食べ物や飲み物でお体の具合が悪くなられたことはございますか？」

「いや、特にない」

「わかりました。では、ええと……」

ローズマリーはジェイラスにいくつか質問して彼の好みや体調を探り、コモンマロウとラベンダーのブレンドティーを淹れた。このハーブティーは淹れたばかりのときは青色だが、しだいに緑色へと変化して目を楽しませてくれる。

ジェイラスはそれを「美味いし、面白い」と言い、じっくりと飲んでくれた。

「ところできみは……その、寒くはないか？」

「はい、平気です」と答えたものの、正直なところかなり肌寒い。もっと着込んでくるべきだったと少しばかり後悔していたが、ジェイラスがハーブティーを口にしてくれたことの喜びが大きく、このときはまったく気にならなかった。

――いいえ、やっぱり気にするべきだったわ……。

次の日の朝になると、起き上がることができないほどの熱に見舞われ、ローズマリーはひどく反省する。きちんと厚着していなかったせいで体が冷えて風邪を引いてしまったのだ。

ベッドで仰向《あおむ》けになっていたローズマリーは自己管理能力のなさに辟易《へきえき》しながら目を閉じる。するとやはり、ジェイラスの顔が浮かんだ。

――こんな体たらくでは殿下に呆《あき》れられてしまう。早く治さなくちゃ。

固い決意が実ったのか、その二日後にはすっかり熱が下がっていた。しかし医者には「今日まで大事を取っているように」と言われたのでメルベースの裏門へは行けない。

「お嬢様、レッドフォード侯爵様がいらっしゃいました。その……もう、こちらに」

私室のソファでハーブの本を読んでいるところへメイドがやってきた。ローズマリーが「えっ」と言うのと、大きな花束を持ったジェイラスが姿を現したのは同時だった。

「急にすまない。見舞いに来た。すぐに帰るから気を遣わないでほしい」

色とりどりの花束を手渡され、甘い香りが漂う。

「ありがとうございます、殿下。……あっ、お待ちください。もしお時間がございましたらどうぞ、お部屋に」

帰ろうとするジェイラスをつい引き留めてしまう。

――だって、せっかく来てくださったのにお茶も出さないなんて失礼だわ。

「だが……まだ体が辛いのではないか？」

「いいえ、もう熱は下がっておりますので平気です」

ジェイラスはためらうような素振りのあとで「では少しだけ」と言い、部屋の中に入った。

「……クマのぬいぐるみが多いな？」

デイジーの部屋に入りきらなくなったクマのぬいぐるみはローズマリーの部屋に置かれている。

「はい、父がクマ好きでして。私もその影響なのかクマが好きなのです」

「……そうか」

ジェイラスは部屋を見まわしながらソファに腰を下ろす。ローズマリーはその向かいに座った。

メイドはジェイラスが持ってきた花束を花瓶に生けるとすぐに紅茶を淹れ、ローテーブルの上に差しだした。ジェイラスはメイドが淹れた紅茶をほんの少しだけ飲むと、そのあとはなにをするでもなく無言だった。給仕のメイドたちは手持ち無沙汰だ。

――どうしましょう……なにをお話しすればいいの⁉

ひどく緊張してしまい、適切な話題が思い浮かばない。ローズマリーは縋《すが》るような思いでメイドに目配せをして「なにか話題を提供してほしい」と助けを求めた。ところがメイドたちは急に晴れやかな顔になって大きく頷いた。

「わたくしどもは外でお待ちしておりますので、なにかございましたら呼び鈴をお使いくださいませ」

――ええっ⁉

そうしてメイドたちは出ていってしまう。どうやら彼女たちはローズマリーの目配せを『話題の提供』ではなく『ふたりきりにしてほしい』だと勘違いしたらしかった。

――これじゃあますます間《ま》がもたないわ！

なにか話をしなければ、と必死に考えても、出てきたのは「今日はお見舞いに来てくださってありがとうございました」という言葉だけだった。その後はまた沈黙が続く。ジェイラスはずっと、どこかよそよそしい。

「あの……殿下？　もしかしてどこかお体の具合が……」

「いや、そんなことはない。ただ……その、少し……緊張、している」

——殿下も、緊張なさっているの？

不思議と緊張感が和らいでくる。ジェイラスは視線をさまよわせて言葉を継ぐ。

「このあいだもそうだったが、レディとふたりきりになるということがいままでなかったものだから」

薬草園を案内したときのことを言っているのだろう。

「それにきみはとても愛らしいから、どうも……」

ローズマリーがきょとんとしていると、ジェイラスは我に返ったようすで口元を押さえ、まるで失言を悔いるように目を伏せて頬《ほお》を赤くした。

「な、なんでもない。忘れてくれ」

「は、はい」

——愛らしいって、おっしゃった？

あらためてそれを認識すると、こちらまで顔が熱くなってくる。

ローズマリーはメイドが淹れた紅茶を飲むことでなんとかして頬を冷まそうとした。いっぽうジェイラスは咳払《せきばら》いをする。

「とにかく、ええと……これからはメルベースの給湯室を使うといい」

――どうして急にその話に⁉

「あの、でも……よろしいのですか？　なにかあったときに私がいてはご迷惑になると、いまは思っております」

「いいんだ。また風邪で寝込まれては困る」

「風邪を引いたのは私が薄着だったせいですから……今後はもっと着込んで万全にいたします」

ジェイラスは小難しい顔になって緩く首を振る。

「……そうじゃないんだ」

ローズマリーは小首を傾《かし》げる。いったいなにが「そうではない」のだろう。するとジェイラスはどこか観念したように息をついた。

「団員たちはきみを信頼している。……俺も同じだ。だから、メルベースの中でハーブティーを淹れてほしい」

彼とのあいだにあった見えない線が、消えていくようだった。ジェイラスと初めて出会ったときと同じように視界がぼやける。

だがいまは、あのときとは違う。自身の不甲斐《ふがい》なさを悲観する涙とは、違う。

「嬉しいです。殿下に……その、信じていただけて」

ジェイラスの頬がまた少し赤くなる。彼は長い睫毛《まつげ》を伏せて言葉を紡ぐ。

「殿下、は……やめてくれ」

「ではどのようにお呼びすればよろしいでしょうか？」

「……ジェイラス、と」

「はい。ジェイラス様」

彼は「コホン」と——どこかぎこちなく——ふたたび咳《せき》払いをした。

「その……すまなかったな、意地の悪いことをして」

「いいえ、そのようなこと」

「いや、本当に俺が悪いんだ。騎士団長に就任したばかりで気が張りすぎていたようだ。前任のガードナー侯爵にも苦言を呈された。有事の際、メルベースこそ最も安全な場所でなければならない、と。確かにそうだと思う。そういう環境作りをするのが俺の役目だ。したがって、有事の際の行動訓練を受けてほしい。きみの身の安全を図るために、メルベースの一員として」

ローズマリーは声を弾ませて「わかりました」と返事をする。仲間だと認めてもらえたようで嬉しくなった。

「メルベースへの出入りについては後日、正式な入場許可証の取得申請をしておく。行動訓練に関してはノーマンから教わるといい。もちろん、きみの体調が万全になってからの話だが」

「はい！　ありがとうございます、ジェイラス様」

「……ああ」

ジェイラスは紅茶をすべて飲み干して立ち上がる。

「きみは病み上がりだ、見送りはけっこう。……またな、ローズマリー」

ローズマリーがなにか言う前に、ジェイラスは部屋を出ていってしまう。

──初めて、名前を呼ばれたわ。

彼の声はその後もずっと耳に残り、ローズマリーの心を落ち着かなくさせた。見送りはけっこうだと言われたのに、窓辺に立って彼の姿を捜してしまう。ジェイラスが馬に乗って門を潜るのがかろうじて見えた。メルベースに戻るのだろう。

「お・ね・え・さ・ま！」

「ひゃっ!?　もう、デイジー！　いつの間に来たの？」

「ついさっきよ」

デイジーは「ふふふ」と、なにやら意味ありげな笑みを浮かべてソファに座る。

「ねえ、レッドフォード侯爵様となにをお話しなさっていたの？」

「ええと……そう。私ね、またメルベースに入れることになったの。行動訓練を受けて、許可証を貰ってからの話だけれど」

「それはよかったわ！　お姉様はこのところずっと元気がなかったから」

「そ、そう？　ああ、ほら……熱があったから」

「それだけじゃないわ。私にはわかるのよ」

デイジーはいやに自信たっぷりだ。ローズマリーは眉根を寄せて笑う。

「デイジーはなんでもお見通しなのね」

「お姉様のことは、ね。けれどまた元気になってくれて本当によかったわ。それにお姉様、レッドフォード侯爵様といい感じじゃない？」

「えぇっ!?　いいえ、そ、そんなことは……っ」

「だって、部屋でふたりきりでお話しされたのでしょう？」

「違うの、ちょっと……ええと、意思疎通の問題というか」

「私、お姉様の恋を応援するわ！」

そう言うなりデイジーは両手に拳《こぶし》を作って立ち上がった。こちらの言い分などまるで聞いていないようすだ。

「だ、だからっ！　恋なんてしていないわ」

「ええ～っ？　でも私、お姉様とレッドフォード侯爵様はすごくお似合いだと思うわ。だいたいお父様方もお姉様も、縁談も受けずにのんびりしすぎなのよ。お姉様はもう十八歳でしょう？」

まさか十四歳の妹に結婚の心配をされるとは思わなかった。だが彼女の言うとおりだ。両親は貴族には珍しい恋愛結婚だったため、娘と息子にも自由に恋愛して伴侶を見つけてほしいと常々言っている。

したがって、いかにも形ばかりというような縁談はいっさい受けない。もとより辺境の伯爵家なので、縁談が舞い込むことはあまりないし、社交の場にもほとんど顔を出さない。

ジェイラスのことが気になるか、気にならないかと言われれば明らかに前者だ。

──でもそれは、あんなに麗《うるわ》しい男性がいままでまわりにいなかったからかも……。

王都の舞踏会に出席したのはデビューしたときの一回のみだし、ときおりメルヴィル伯爵邸で催す茶会や舞踏会に集まるのは親類ばかりで、そのほとんどが幼い頃からよく知っている顔なじみだ。

したがって、ジェイラスのような──男性的でありながら、なにもかもが洗練された美しい人──とはまったく接する機会がなかった。

ローズマリーは唇を引き結び、部屋の窓から垣間見えるメルベースを眺めた。

明くる日にはローズマリーはノーマンから行動訓練を受けた。そのさらに数日後の昼下がり、珍しく陽の高いうちにノーマンがメルベースから帰ってきた。兄は「おまえに届け物があって一時的に帰ってきた」と言い、満面の笑みで小箱を渡してくる。

スエードの箱に収められていたのは、獅子と月桂樹が彫り込まれた銀色のロゼットだ。

「ありがとうございます、お兄様！」

「いや、僕はなにもしていないよ。じつはこれ、団員以外の者が取得するのはなかなか難しくてね。王都の本部で何人もの頭の固いお偉方の承認がなければ発行されないんだ。だからガードナー前団長は『申請してもどうせ許可は下りないだろう』って言って初めから諦めていた。けれどレッドフォード団長はきちんと取得してくれた。第三王子だからか、王都でも顔がきくんだろうね。よかったね、ローズマリー。これで堂々とメルベースに出入りできる」

「はい！」

ローズマリーはさっそくロゼットをドレスの胸元につけて、ノーマンと一緒にメルベースへ行った。門番はローズマリーの左胸で輝くロゼットを見て、ほかの団員にするのと同じように「ロゼット、よし！」と指差確認していた。

――私、本当にメルベースの一員になれたのだわ！

嬉しくなって自然と顔がほころぶ。ところが給湯室に足を踏み入れるなりその表情は一変した。出入りしていなかったのはほんの二週間ほどだというのに、ひどい有様だった。悪戦苦闘しながらハーブティーを淹れようとした痕跡がそこここにある。

——多めにハーブを持ってきてよかった。

空になってしまっている瓶を補充し、隅々まで掃除する。その後、やってきた団員たちとノーマンにハーブティーを淹れた。

「団長室にもハーブティーを淹れにいったらどうだい？　ロゼットの礼も言ったほうがいいだろうし」

「あっ、そうですね！　そのようにいたします」

ノーマンに促され、ローズマリーはティーワゴンを押して団長室へ向かった。ノックをすると、ジェイラスの側近男性が扉を開けた。

「ジェイラス様にお茶をと思って参りました。いま、よろしいでしょうか？」

側近男性がなにか答える前に部屋の奥から「ちょうど休憩しようと思っていた」というジェイラスの声が響いてきた。

「入ってくれ」

「失礼いたします」

部屋に入ると、ジェイラスは執務椅子から立ちソファに座り直した。ローズマリーは彼と言葉を交わしながらハーブティーを淹れ、ローテーブルの上にカップを置いた。

「ジェイラス様、このロゼット……本当にありがとうございました」

「ん、ああ……。きみも座ってくれ」

「はい」と返事をして彼の向かいに腰を下ろす。するとどういうわけか、ロゼットをつけている胸元をじいっと見つめられた。

ローズマリーは首を傾げて「あの……？」と呼びかける。とたんにジェイラスは頰を朱に染めた。「なんでもない」と、手の甲を口に押し当てる。

――どうなさったのかしら。もしかして私、ロゼットの付け方を間違っている？

不安になって胸元を確認していると、団長室の扉が外側からノックされた。部屋にいたのとはまた別の男性が手紙を運んでくる。招待状のようだった。ジェイラスは依然としてほんのりと頰を赤くしたまま封蠟《ふうろう》を外し、内容を確かめた。

「舞踏会……か」

どうやら王都で催される舞踏会の招待状のようだ。ローズマリーには無縁の話である。メルヴィル伯爵領は辺境地なので王都へほとんど出かけない。憧れはあるが、招待を受けることがまずないのだ。

「一緒にどうだ？　俺でよければ……その、エスコートする」

ローズマリーは考えるよりも先に「はい、ぜひ！」とふたつ返事をしていた。

――ジェイラス様と一緒に王都の舞踏会へ行けるだなんて！

嬉しくて、浮かれる。ローズマリーはそれから舞踏会までを指折り数えた。

舞踏会の前日、ローズマリーは長兄と一緒に馬車へ乗った。途中で親類の家に宿泊して王都を目指す。

いっぽうジェイラスは舞踏会当日の朝までメルベースに留《とど》まり、馬で駆けて来るそうだ。早馬ならば一日あれば着く。彼は王子だが、馬車は使わずそうして移動することが多いのだそうだ。

馬車は順調に進み、王都へと入る。今日はいよいよ舞踏会だというのに、空はどんよりと曇っていた。

王城のダンスホールへ入るのは三年ぶりだ。メルヴィル伯爵邸のダンスホールと広さはそう変わらないが、招かれているゲストの数は桁違いだ。多くの貴族で賑《にぎ》わっている。

「レッドフォード侯爵はまだのようだね」

ダンスホール内をぐるりと見まわして長兄が言った。ジェイラスは長身で目立つので、いればすぐにわかる。

「ごらん、あの人だかりを。レッドフォード侯爵の異母兄たちだ」

長兄が目線で示した先を見やる。第一王子と第二王子はジェイラスに比べるとずいぶんと華奢《きゃしゃ》だった。

第一王子のそばには金髪に碧《あお》い瞳の令嬢がいた。不意に彼女と目が合ってしまい、ローズマリーは曖昧にほほえんだまま視線を逸《そ》らした。

国王は次の王座をだれに渡すのか、まだ明確な指名をしていない。このまま問題が起きなければ第一王子が次期国王となるだろうと噂されていた。

「やあ、久しぶりだね」

長兄と同じ年頃の貴族男性が彼に話しかけてきた。長兄もまた王都へ来るのは久しぶりだからか、男性と話し込みはじめる。

――ジェイラス様はまだいらっしゃらないみたい……。

「ごきげんよう」

突然、声をかけられて振り向けば、先ほど目が合ってしまった金髪の令嬢がいた。ダンスホールの入り口ばかり見ていたローズマリーは慌ててお辞儀をして「ごきげんよう」と返す。それを、金髪の令嬢は検分するように眺めていた。

「メイドのまねごとをしてお茶を淹れるっていう田舎者の伯爵令嬢はあなたでしょう?」

「え……」

「栄誉勲章のない辺境の伯爵家令嬢がよくも王都の舞踏会に来られたものね。しかも給仕が趣味だなんて、汚点ばかり」

それまで眩《まばゆ》いほど明るかったダンスホールが、急に真っ暗になったような錯覚に陥る。

伯爵令嬢が茶を淹れるのは異質なことなのだと、頭ではわかっていた。それなのに、いざ指摘されると身が竦《すく》む。

ちらりと長兄のほうを見れば、相変わらず話し込んでいて、こちらには目もくれなかった。

どうすればうまく切り抜けられるのか、ローズマリーは処世術を知らないなりにも反論する。

「私は、大切に思う人たちのために自分の手でハーブティーを淹れることが好きなのです。ハーブにはいろいろな効能があって……」

ハーブについて説明しようとするローズマリーの言葉を金髪の令嬢はなんの迷いもなく遮る。

「あら、でしたら修道院にでも行かれてはどう？　伯爵令嬢という立場にありながら茶の給仕をするなんて、どうかしているわ。ねえ、皆さんもそう思いませんこと？」

令嬢のまわりにいた女性たちが一様に大きく頷く。ローズマリーは口を噤《つぐ》んだまま、動けないでいた。

「いや、どうかしているとはまったく思わない」

強い意志を宿したような、低く明瞭な声に救われる。ジェイラスはローズマリーをかばうように金髪の令嬢の前に立った。

「レディが茶を淹れることのなにが悪いのでしょうか？　ローズマリーは他者を思いやってハーブティーを淹れてくれる。その気持ちに幾人が助けられたかしれない。私もそうです。ローズマリーが淹れる心のこもったハーブティーに、いつも癒やされている」

ふだんと口調が異なるのはここが社交の場だからだろう。ローズマリーは呆然《ぼうぜん》とその背中を見つめていた。

――私が伝えたかったことを、すべて言ってくださった。

嬉しさで瞳が潤む。彼がすぐそばにいてくれることに安堵《あんど》したというのもある。

金髪の令嬢はというと、突然ジェイラスが現れたからか、驚きのあまり二の句が継げないようだった。

ジェイラスは振り返ると、ローズマリーの腰を抱き、周囲には聞こえないような小さく低く、それでいて力強い声で囁《ささや》く。

「後ろめたく思うことはなにひとつない、ローズマリー」

ワルツの軽快な調べが急に耳に届いた。ジェイラスに誘《いざな》われるまま、踊りはじめる。

「エスコートすると言っておいて、遅れてしまってすまなかった。途中で少し雨に降られた」

――それで、髪の毛が少し濡《ぬ》れていらっしゃるのね。

銀の髪にくっついた水粒がクリスタルシャンデリアの光を美しく反射している。

「ほかにもなにか……ひどいことを言われていないか？」

彼の顔が曇る。ローズマリーはとっさに真実を押し隠して「いいえ」と答えた。

「本当に？」

――ああ、彼に嘘はつけない。

目を泳がせながらも、ローズマリーは正直に吐露する。

「栄誉勲章のない辺境の伯爵令嬢が王都の舞踏会に来るなんて……と」

ジェイラスのステップが一瞬だけ止まった。しかしすぐにまた足を動かし、ローズマリーをリードする。

「王都に居を構える貴族たちが、国境の貴族たちを蔑視する傾向にあることを以前から問題だと思っていた」

苦虫を嚙《か》みつぶしたような顔になってもなおジェイラスは的確にステップを刻む。

「王都に土地を所有していなければ栄誉勲章を授与できないという法律にも疑問を抱いている。メルヴィル伯爵家の薬草園事業によるルノエ国への貢献度は計り知れないというのに……」

話の切れ目に合わせたようにワルツが終わる。ジェイラスはローズマリーをテラスへと連れていった。

「踊りづらくなかったか？」

「いいえ、そのようなこと」

「そうか」と、どこかほっとしたようすでジェイラスは息をつく。そんな彼にローズマリーは窺《うかが》うような視線を向ける。するとジェイラスは観念したように口を開く。

「舞踏会では要人と話をすることがほとんどで……ダンスの経験なんてないに等しかったから、うまくリードできるか自信がなかった」

「力強くて、すごく頼りになって、素敵なリードでした！」

前のめりになって言うと、ジェイラスは驚いたように何度も目を瞬かせた。

「わ、私ったら……ごめんなさい。なにやら偉そうなことを言ってしまって……」

「いや……嬉しいよ」

陽の落ちたテラスには壁掛けランプの薄明かりしかないため彼の顔はよく見えないが、きっと赤い。頬を赤くして、ほほえんでいる。その顔をずっと見ていたいと思った。

――けれど、ダンスのご経験があまりないのならエスコートをするのってすごく勇気のいることだったのでは……。ここは、きちんとお礼を申し上げなければ。

「先ほどは助けてくださって本当にありがとうございました。ジェイラス様と踊ることができて、幸せでした」

ジェイラスは目を伏せ、ローズマリーの頬をそっと撫《な》でる。

「きみがよければ、また踊ろう。それに……また、会いたい。次の休みにはメルヴィル邸へ行っても？」

頬に触れている彼の指が、とんでもなく熱い。夜風が冷たいからそう感じるのだろうか。

ローズマリーは「は、はい。もちろん」と、上ずった返事をした。

ローズマリーは薬草園の入口近くでハーブを摘んでいた。これからやってくるジェイラスのためにフレッシュハーブティーを淹れようと思っている。

ハーブを摘み終わる頃になって「ローズマリー」と声をかけられ、振り返ればそこには笑みを浮かべたジェイラスがいた。

「ジェイラス様！　申し訳ございません、お出迎えもせず」

「いや、俺が早く来すぎたせいだ。応接室で待っているよう案内されたが……その、無理を言ってここまで来た」

ジェイラスはローズマリーのもとへと近づく途中で、ふとなにかに気がついたように歩調を速める。

「髪に葉がついている」

「えっ？」

手探りするが、どこにくっついているのかわからない。するとジェイラスは「ここだ」と、指で取ってくれた。

「ほら」

ジェイラスは葉を指に挟み、ローズマリーに見せる。ふたりの顔の距離は、いまだかつてないほど近づいていた。

「……っ！」

ふたりともが瞬時に頬を火照らせ、赤くなる。ジェイラスは三歩ほどローズマリーから離れると、赤い顔のまま後頭部に手を当ててあたりを見まわした。

「その……このあたりはトピアリーが多いな？」

「は、はいっ。私が作ったものもあります。小さなトピアリーがそうです」

「きみが？　俺にもできるだろうか。ぜひ挑戦してみたい」

彼の意欲を喜ばしく思ってローズマリーは大きく頷いたものの、気がかりも浮かぶ。

「ですが、庭師のまねごとなど……と、咎められたことがございまして」

先日も舞踏会で「伯爵令嬢のくせに茶の給仕など」と言われたばかりだ。王子殿下にまでそれに類することをさせては、彼まで悪評が立ってしまうかもしれないと心配になった。

「そうか。……ではこっそり教えてほしい。だれにも見つからないよう、ふたりきりで」

ジェイラスは緩くほほえんで、口に人差し指を立てている。きゅうっと胸が締めつけられるのはなぜだろう。

「はい、ジェイラス様」

ローズマリーは満面の笑みを返し、トピアリーで使う材料と、あらかじめ準備していたティーセットをバスケットに入れて薬草園の奥へとジェイラスを案内した。

このガゼボのまわりには背の高い木々が生い茂っているので、まわりからは見えない。

ローズマリーはガゼボの中央に置かれた丸いテーブルにバスケットを置き、ガーデンチェアをふたつ並べて座った。

「小型のトピアリーはまずフレームの形作りから始めます。できあがったフレームに水苔《みずごけ》を詰めて鉢の上に載せて、緑を植栽すれば自然と完成します。どのようなものをお作りになりますか？」

ジェイラスは「クマがいい」と即答した。

「わかりました。ではまずこれをこうして……」

ローズマリーはどのようにワイヤーを曲げて組み合わせればクマの形になるかをジェイラスに教える。

「ここは、もっとこう……」

不意に手と手が触れ合う。つい自分の手を引っ込めそうになったが、ジェイラスは真剣そのもので、手が触れ合っていることは気にしていないようすだった。

――もっと彼のことが知りたい。

そんな気持ちが膨れ上がっていく。

「ご趣味を、教えていただけますか？」

尋ねると、ジェイラスはテーブルのほうを向いたまま、手を動かすのをやめずに答える。

「そうだな……乗馬と、それから釣りだ」

「釣りですか？」

「ああ、フライフィッシングだ」

その言葉は聞いたことがあるが、どのようなものかはわからない。ローズマリーが首を傾げていると、ジェイラスは顔を上げた。

「見たことがないのか。では今度、一緒に行かないか？　レッドフォードにちょうどいい渓流がある」

「はい、ぜひご一緒させていただきたいです！」

ローズマリーが快諾したからか、ジェイラスもまた嬉しそうに顔をほころばせた。

トピアリー作りをした翌週にはローズマリーはレッドフォード侯爵領へと赴いた。ここの領地管理はジェイラスの従兄《いとこ》がしているそうだ。

ローズマリーとジェイラスは従者を連れずにふたりきりで馬に乗った。ジェイラスの愛馬は足場の悪いところでも容易《たやす》く駆けていく。手綱を取るジェイラスの前に乗ったローズマリーはずっと感心していた。

「ジェイラス様は乗馬がお上手なのですね！」

「ん、まあ……な。オルグラナにいたときもよくこうして馬で出かけていた。ところで乗り心地は悪くないか？」

ローズマリーは「とんでもございません」と答える。鞍《くら》もなく馬に跨《また》がっている状態だが、ジェイラスの馬術が巧みなおかげか爽快そのものだ。

このような足場の悪い渓流地帯ではおそらく、鞍をつけて後ろに乗ればかえって危ないのでジェイラスはこうしたのだろう。

「そういえば、ジェイラス様はなぜオルグラナにご留学なさっていたのですか？」

ほんの少しだけ彼のほうを振り返って質問した。ジェイラスが微笑する。

「他国の文化を知るのは面白い。見聞が広まるし、それにあちらの王族とも仲良くなれた。人と人の絆《きずな》が深まることで国同士の結びつきが強くなる。それは防衛上もよい働きをする」

——ジェイラス様はルノエ国のことを本当によく考えていらっしゃるのね……。

ローズマリーは彼にますます尊敬の念を抱いた。

目的の場所に着くとまず自然の観察をした。フライフィッシングではそれが肝要になるらしい。

ジェイラスが木の側を歩くと、リスが駆け寄ってきた。野生のもののようだが、ジェイラスによく懐《なつ》いている。リスの首をくすぐる彼をほほえましく思いながら、ローズマリーは渓流に沿ってゆっくりと歩いて自然を満喫した。

彼が後ろに立ったのがわかって足を止めたときだった。突然目の前に羽虫が現れ、ローズマリーは驚きのあまり「きゃっ‼」と声を上げて倒れそうになる。

川へと突っ込まずに済んだのは、ぐらついたローズマリーをジェイラスが力強く抱き寄せて助けてくれたからだ。

慌てふためくローズマリーをよそに、ジェイラスは困ったような顔をしながらもいたずらっぽく笑っている。

ジェイラスはローズマリーを抱きしめたまま言う。

「こんなに驚くとは思わなかった。いや、きみはふだんハーブの手入れも手伝っているから虫くらいどうということはないかなと……。虫というか、釣りに使う毛ばりなんだが」

「虫は……苦手というほどではないですけれど、急に目の前に現れたのですごくびっくりしました！」

ローズマリーが眉根を寄せて唇を尖《とが》らせると、ジェイラスは「はは、すまない」と軽快に笑った。

ふとローズマリーは、彼と密着していることに気がつき頬を染める。するとジェイラスも同じことに気がついたのか、離れるそぶりを見せた。

腕の拘束が緩くなる。しかし、離れはしない。ジェイラスはローズマリーの腰を両手で抱いたまま微動だにしない。

――ど、どうなさったのかしら？

まだ支えていなければと彼が思うほどふらふらしてしまっているのだろうかと心配になる。事実、腰を支えてもらわなければその場に崩れ落ちてしまいそうなほど、体に力が入らない。心臓はドクドクとうるさく鳴り、まるで宙に浮いているような心地だった。

「舞踏会で踊ったときも思ったが……きみは細いな」

腰に置かれていた彼の両手が小さく上下する。触れられているところが熱くなる。

「で、でも……体力には自信があります。ハーブ摘みで鍛えていますから」

「……そうか」

ジェイラスはなにやら意味ありげに目を細くする。いったいなにを考えているのだろう。

彼の顔を見上げるとまた、胸がトクンと音を立てた。

フライフィッシングを終えてレッドフォード侯爵邸へ行き、玄関から邸の中へ入ろうとしていると、騎士団の前団長であるガードナー侯爵が訪ねてきた。彼が馬から降りるなりローズマリーは挨拶をする。

「ガードナー侯爵様、ごきげんよう。お久しぶりです」

「よお、ローズマリーじゃないか。どうしてここに？」

「ジェイラス様にフライフィッシングを見せてもらっていました」

「へえ～、そうかそうか」

ガードナー侯爵はにやにやしながらローズマリーとジェイラスを交互に見やる。

「そういうガードナー侯爵は突然、何用ですか」と、いささか不躾《ぶしつけ》にも思える口ぶりでジェイラスが尋ねた。

「いやなに、ちょっと寄ってみただけだ。元気そうでよかった。またな」

ガードナー侯爵は邸の中には入らず、ふたたび馬に乗って去っていった。

「まったく……あの人はいつも急に来る。俺がいないときは、従兄に近況を聞いているようだ」

「そうなのですか。ところでジェイラス様はどうして騎士団長をなさろうとお思いになったのですか？」

それは以前から疑問に思っていたことだった。ノーマンや他の団員たちも以前不思議がっていた。ジェイラスは邸の中に入り、廊下を歩きながら答える。

「ルノエ王家と辺境地の繋《つな》がりが年々薄くなっているような気がしていたからだ。第三とはいえ王子の俺が騎士団長となりメルベースに常駐するようになればその繋がりが少しは強くなるかと思ってな」

「そうだったのですね」

――私を王都の舞踏会へと誘ってくれたのも、辺境貴族の立場を慮《おもんぱか》ってのことだったのかも。

「それに昔から体を動かすことが好きだった。じつはガードナー侯爵は俺の剣の師なんだ。彼に憧れを抱いて、騎士団長を志望したのかもしれない。ちょうどガードナー侯爵も、そろそろ引退したいと言っていたのもあるが」

――剣の師……なるほど。それでジェイラス様とガードナー侯爵は気安い雰囲気だったのね。

ふむふむと頷くローズマリーの傍らでジェイラスは突如として足を止めた。

「ガードナー侯爵はクマのような男性だ」

「そ、そうですね」

いきなりどうしたのだろう。ジェイラスの眉間にはしだいに皺《しわ》が寄っていく。

「……俺は？」

「はい？」

「俺は、クマとは似ていないか？」

「似ていません、少しも」

ジェイラスはとたんに、ショックを受けたような――とても悲しそうな――顔になり、終《しま》いにはがくりと項垂れてしまった。

――どっ、どうして⁉

クマに似ていると言われるほうが嬉しいのだろうか。

──ああっ、そうだわ。ジェイラス様はガードナー侯爵に憧れを抱いていらっしゃるから……。

しまった。どうして気の利いたことを言えなかったのだろう。いまさら「クマと似ている」と言ったところでとってつけたようで、かえって彼を傷つけてしまうかもしれないし、どこからどう見たってやはり彼はクマとは似ても似つかない。

「あ、あのっ。お庭を見せていただいても？」

なんとかして彼の気を逸らさなくてはと思った。ジェイラスは依然として消沈しながらも「ああ」と快諾してくれる。

テラスから庭を見る。幾何学模様でシンメトリーが描かれた広大な庭だった。ローズマリーは「素敵なお庭ですね！」と感嘆しながらテラスへ出て階段を下った。

ふたりでゆっくりと庭を歩く。沈みゆく夕陽が空を茜色《あかねいろ》に染めている。ジェイラスと過ごす一日が、もうすぐ終わってしまう。そう思うと、言いようのない寂しさに襲われた。

「……ローズマリー」

ジェイラスが立ち止まり、こちらを振り返る。なにか決意したような、そんな顔に見えた。

そっと、まるでガラス細工に触れるように両手を取られる。

「きみはいつも一所懸命で、思いやりがある。ローズマリーが淹れるハーブティーはまさにきみの人となりを表している……と、思う。いつも、この上なく温かい」

ローズマリーは唇を震わせる。褒められて嬉しい。その気持ちを伝えたいのに、言葉が出ない。

ジェイラスはローズマリーの両手を力強く、それでいて優しく握り込む。

「そんなきみが愛《いと》しい。ほかのだれでもなく、俺のものになってくれたら……と、最近はそんなことばかり考えている」

長く伸びた夕陽が彼の銀髪を暖かな色へと染め替えていた。彼から、目が離せない。

「近くにいてほしい、ローズマリー。伴侶として、俺のそばに……ずっと」

「……！」

ローズマリーは大きく頷きながら一歩、前へと出た。自分の正直な気持ちを伝えるために。

「おそばにいたいです。ジェイラス様のすぐ近くに、ずっと……！」

離れるのは辛い。寂しい。ずっと側にいたい。その気持ちは家族や友人に抱くものとは違う。

ローズマリーの返事を聞いたジェイラスは喜びを露《あら》わに破顔したが、その表情はすぐに曇った。

「俺はクマとは似ていない。それでも、俺のことを好いてくれるのか？」

「えっ？　あの……どうしてそこでクマが出てくるのでしょうか」

「きみは以前、クマが好きだと言っていた。だから、そういう……ガードナー侯爵のような男が好みなのかと」

「いっ、いいえ、そのようなことは！　その……好みは、よくわかりません」

これまで、異性をそういうふうに見たことがなかった。けれどもしかしたら、ジェイラスだけは最初から『そういう』ふうに見ていたのかもしれない。だから、彼と話をすると胸がドキドキと高鳴って、時には切なく、苦しくなるのだ。

ローズマリーは大きく息を吸い込む。

「ジェイラス様のことが好き、です。それだけでは、だめでしょうか」

一方的に握られるばかりだった手を、握り返して彼の答えを待つ。ジェイラスは眉根を寄せて、切なげな顔になる。

「……だめなわけない」

額にキスを落とされた。抱きしめられれば、その温かさに涙腺が潤む。ローズマリーはためらいがちに彼の背に腕をまわした。

第二章　五月祭の甘い夜

ジェイラスはレッドフォード侯爵領からメルヴィル伯爵領へと帰ったその日のうちにメルベースの団員たちに「ローズマリーと婚約するつもりだ」と宣言した。

団員たちの中にはあからさまに落胆を示した者もいたが、彼らに申し訳ないとは少しも思わない。

むしろ、婚約宣言をしたあとも警戒を怠れない。いや、団員たちを信頼していないわけではない。ただ、ローズマリーを花嫁として狙う者は多いのだと痛感した。

父である国王と母親には、先日の舞踏会ですでに伺いを立て、了承を得ている。いっぽうでローズマリーの両親にはまだなんの承諾も得ていないが、彼女が自分を好いてくれているとわかった以上はなにがなんでも彼女と結婚する。どんな障害があろうとも、だ。

——事実、すでにひとつ壁はある。

王族と婚姻を結ぶ者の実家は国王から『栄誉勲章』を賜《たまわ》っていなければならないとされている。しかしメルヴィル伯爵家はその栄誉勲章を持っていない。王都に居を持たない貴族は栄誉勲章の授与対象にならないという、わけのわからない法律があるせいだ。

なにもかも無視していますぐローズマリーと結婚したいというのが本音ではある。できないことはない。だが彼女や、そしてその周囲もきっとそれを望まない。まわりに祝福されるほうがいいに決まっている。

――それに俺だって、そんなつまらないことでローズマリーが難癖をつけられるのは癪《しゃく》だ。

貴族社会には魑魅魍魎《ちみもうりょう》が蠢《うごめ》いている。そのあたりの山よりもある意味で危険だ。ゆえに、温和で優しいローズマリーをありのまま守っていくためには栄誉勲章が必須だとジェイラスは結論づけた。

――だがそう難しい話ではない。

伯爵家の薬草園事業はルノエ国に大きく寄与している。充分すぎるほどに。それなのに、辺境地というだけで栄誉勲章が授与されないのだ。

メルベースにしても同じだ。辺境の地にあるというだけで軽視されがちだ。だから就任早々ここへ来た。

コン、コンと団長室の扉がノックされる。壁際にいた側近がドアを開けると、神妙な面持ちのノーマンが顔を出した。

「少し話をさせてもらってもよろしいでしょうか」

「ああ」と頷くと、ノーマンが話しはじめる。

「団長が、ローズマリーと婚約するつもりだとおっしゃったと聞きまして」

「そのつもりだ。ローズマリーの気持ちもきちんと確かめている。明日にでもきみの実家へ行きたいが、メルヴィル伯爵は在宅だろうか？」

ノーマンが訪ねてきたのをこれ幸いとばかりに伯爵と会う約束を取りつける。

「はい。明日、父は邸《やしき》におります」

「では、そうだな……明日の昼過ぎに訪ねる旨、伯爵に伝えておいてほしい」

「御意のままに」

「もし伯爵の都合が悪ければ遠慮なく言ってくれ。そのまま邸で待たせてもらう」

「団長をお待たせするなど、とんでもございません」

「いや、本当にかまわないから。ローズマリーがいてくれれば俺はいつまでだって待てる」

メルヴィル邸に宿泊して一晩中だってローズマリーと一緒に過ごしたいくらいだったが、伯爵に結婚の了承も得ずにそんなことをするのはさすがに非常識だしずうずうしいので言わないでおいた。

するとノーマンは目を丸くして、困惑したような顔になった。

「そこまでローズマリーのことを想《おも》ってくださるのは嬉しいのですが……よろしいのでし

ようか？」

「なにがだ？」

「我が家は栄誉勲章もない、辺境の伯爵家です。ローズマリーに至ってはハーブにばかり執心する変わり者……。団長は王家の方ですから、ローズマリーでは不釣り合いなのではないかと思いまして……」

――彼女の身内とはいえ、そんなふうに言われると腹が立つな。

ローズマリーは自分に不釣り合いどころか、もったいないくらいだというのに。だがやはり、栄誉勲章がないことが引け目になっているようだ。

いまはローズマリーもそれほど気にしていないかもしれないが、いやがうえにもこれからは周囲が彼女に「栄誉勲章がなければ」と吹き込むだろう。実際、王都の舞踏会でローズマリーはすでに嫌味《いやみ》を言われている。彼女には少しの非もないというのに、理不尽な話だ。

――ローズマリーにはなんの不安も抱かずに俺と結婚してほしい。

彼女を世界でいちばん幸せな花嫁にしたい。そのために、あらゆる不安要素を払拭しておかなければならない。

ジェイラスは大きく息を吸う。

「きみは俺とローズマリーが結婚するのは反対か？」

「まさか、そのようなことは」

「では問題ない。栄誉勲章については、王都に居を構えていなければ授与されないという法律を改正できるよう尽力するつもりだ。ほかにも、ローズマリーが悲しい思いをしないよう万全を期す」

それまで強張《こわば》っていたノーマンの表情が安堵したものへと変わる。

「ありがとうございます、団長。妹をどうぞよろしくお願いします」

ジェイラスは力強く頷いた。

――メルヴィル伯爵には婚姻の申し入れと同時に栄誉勲章についても話をしよう。

ノーマンが打診はしてくれるだろう。

その後は黙々と書類仕事に励んだ。レッドフォード侯爵領主としての仕事も兼任しているので、うっかりしているとすぐに書類が山積みになってしまう。

――もうすぐローズマリーがメルベースに来る時間だ。さっさと片付けてしまおう。

彼女と、できるだけゆっくりと過ごせるようにしたい。

書類の山がなくなると、ジェイラスは側近に別室で休憩するよう指示して意気揚々と給湯室へ向かった。

「ジェイラス様、ごきげんよう」

ローズマリーは頬を薔薇色《ばらいろ》に染めて見上げてくる。なんてかわいらしいのだろう。団員たちは皆が締まりのない顔でローズマリーのハーブティーを飲んでいる。こんなにも愛らしいローズマリーだ。団員たちがそうなってしまうのはわかるが、いただけない。

——俺は大丈夫だろうか。

団員たちと同じく、緩みきった惚け顔になっていないか不安になった。

「ローズマリー、次は俺の部屋でハーブティーを淹れてほしい。書類仕事がまだ途中なんだが、少し休憩したい」

理由をつけてローズマリーを団長室へ誘う。

「かしこまりました」

花がほころぶようなほほえみを浮かべ、ローズマリーはバスケットの中に砂時計やハーブの瓶を入れていった。彼女が荷物をまとめるタイミングを見計らってバスケットを持つ。

「あ……ありがとうございます、ジェイラス様」

申し訳なさそうで、それでいて嬉しそうな照れ笑いだ。それとは裏腹に、残念そうな顔になった団員たちを尻目にジェイラスはローズマリーとともに給湯室を出る。彼女は斜め後ろをついてきていた。しだいに距離が開きはじめる。

——いけない、俺が歩くのが速すぎるんだ。

慌てて歩調を緩める。歩幅の狭いローズマリーでは、同じ歩数でも進む距離が違うので差が出てしまう。彼女は必死に早歩きをしていたようだが、それでも追いつかないのだ。

ふたりの距離が縮むと、手を繫ぎたくて仕方がなくなった。ジェイラスはそわそわしながら、バスケットを持っていないほうの手でそっとローズマリーの指先に触れる。階段の手前でのことだった。

ローズマリーは少し驚いたような顔をしながらも、首を斜めに傾けてほほえむ。繫いだ手は小さく、指先は細い。ローズマリーはなにもかも華奢だ。強く触れたら壊してしまいそうだ。

――大切にしたい。

繫《つな》ぎ合わせている手が熱くなってきた。この階段がもっと長ければいいのに。この廊下が、もっと果てしなく続けばいいのに。そうすればローズマリーとずっと手を繫いでいられる。

願いも虚《むな》しく、団長室に到着してしまう。部屋の中でも手を繫いでいるわけにはいかない。

「あ、あの……ありがとうございました、バスケットを運んでいただいて。それに、私が転ばないように手を繫いでいてくださったのですよね？」

「ん？　あ、ああ……」

手を繫いだのには、ローズマリーの柔らかな肌に触れたいという下心しかなかったが、そうとは言えず曖昧に返事をした。

壁際に置かれていたティーワゴンの前に立つと、ローズマリーはいそいそと茶の準備を始める。

「俺のぶんだけでなくきみのぶんも」と頼むと、ローズマリーは嬉しそうに「はい」と答えた。

てきぱきと両手を動かすローズマリーを眺めながらソファに座る。彼女の胸元にはいまもなお銀色のロゼットがある。ローズマリーがそれを初めてつけているのを見たときはつい凝視してしまった。男性が胸につけるのとは明らかに違っていて、豊かな膨らみの上に乗っかるような形になっている。それで不埒《ふらち》な欲をほんの少しだけ――いや、それは嘘だ――募らせてしまい、ジェイラスは瞬時に不甲斐なくなったのだった。

――いまでも……いや、違うな。いままで以上にそういう欲がどんどん募っていっている。

ローズマリーがティーカップを持って歩いてくる。軽やかになびく長い髪を見ていると、抱きしめて撫でまわしたくなる。

――ああ……本当にローズマリーはなにをしていても愛らしい。

ティーカップを持って歩いているだけだというのに、愛しさがこみ上げてきてどうしようもなくなる。

あの日、メルベースの屋上で初めて会ったときから、かわいらしい娘だとは思っていた。

あのときは、自分の眉間に必死になって皺を作っていなければ惚け顔になるところだった。

彼女の人となりを知るにつれて『愛らしい』という思いはどんどん膨れ上がり、気がつけばローズマリーを目で追い、言葉を交わせば動悸《どうき》がして、少しでも肌が触れあおうものならその箇所がひどく熱を持つ。

それでも、触れたいという欲求は募るばかりだから世話がない。いまだって、そばにやってきたローズマリーを腕の中に閉じ込めて全身にくちづけてまわりたいなどと考えてしまって、自分は変態なのでは……と心配になってくる。

ローズマリーがハーブティーをローテーブルの上に置く。「きみも座ってくれ」と、ソファを叩《たた》いて座る場所を指示するとローズマリーは自分のぶんのティーカップを持って隣に腰を下ろした。

ローズマリーが淹れてくれたハーブティーを啜る。

「これは、初めて飲む」

「カレンデュラとカモミール、ラベンダーのブレンドティーです。書類のお仕事の途中とのことでしたので、目の疲れに効果があるとされているカレンデュラをベースに、風味を足すためカモミールを、香り付けにラベンダーを合わせせました。その……いかがでしたでしょうか？」

彼女はいつもそうして、口に合ったかどうか心配そうに尋ねてくる。その気遣いが嬉しくて、身も心も温かくなる。

「美味《うま》い」

ごくごくと一気に飲み干すと、ローズマリーは安堵したようすで笑った。いまはなにも口に含んでいないというのに、ごくりと喉を鳴らしてしまう。

「明日、我が家を訪ねてきてくださると兄から聞きました」

ノーマンと話をしたのはついさっきだが、彼はもうそのことをローズマリーに告げたのか。

「ああ。メルヴィル伯爵にきみとの婚姻を申し入れる」

「こんいん……」

ローズマリーは惚け顔でおうむ返しする。その頬がみるみるうちに赤く染まっていく。

——まずい、俺まで……顔が、熱くなってきた。

結婚後の生活を思うと天にも昇れそうだった。どうしようもないくらい浮かれてしまう。苦し紛れに「ゴホン」と咳払いするも、頬の熱は冷めやらない。しまいには『密室にふたりきり』なのだということを意識してしまい、彼女のなにもかもをこの手で確かめたいという衝動を抑えるのに必死になる。

——俺は本当にどうしてしまったんだ……。

ローズマリーが、はにかんだようすで目を伏せる。そんなちょっとした仕草を目にするだけでも胸の奥を激しく揺さぶられる。早くすべてを手に入れたい、と気が急《せ》いてしまう。

「あー、ええと……ローズマリー」

昂《たか》ぶる気持ちを落ち着かせるようにジェイラスは愛しい人の名を呼び、話しはじめる。

「王家と婚姻関係を結ぶ家には栄誉勲章がなければならない、とされている」

それだけ話すと、ローズマリーはとたんに青ざめた。

――ノーマンは栄誉勲章の話まではしなかったのか。

だがこれは自分の口から彼女に話したいと思っていたのでちょうどよい。

「大丈夫だ、ローズマリー。メルヴィル伯爵家はもう充分すぎるほどこのルノエ国の発展に寄与している。問題なのは『王都に居を構えていなければ栄誉勲章が授与されない』ということだけだ。それは、俺がどうにかする。だからメルヴィル伯爵家には、栄誉勲章の授与に向けて報告書をまとめてほしいんだ」

ローズマリーはきょとんとして目を瞬かせている。ああ、どんな仕草も愛らしい。

「報告書、ですか？」

「そうだ。栄誉勲章の授与には決められた形式に則《のっと》って事細かに成果を報告する必要がある。メルヴィル伯爵夫妻を手伝う形で、きみも報告書を作ってみないか？　ローズマリーはハーブの知識が深いから、報告書作りにもおおいに貢献できるだろう」

褒められたのが嬉しかったのか、ローズマリーは嬉しそうに笑って頬を薔薇色に染め上げた。もちろん世辞でそんなことを言ったのではなく、心からそう思っている。

「私、頑張ります」

意気込むローズマリーを見て、ジェイラスは深く頷く。

「きみが報告書作りに専念できるように給湯室には人員を確保しようと思っている。王都から詳しい者を呼ぶつもりだ」

そうすれば団員たちと接触させずに済む、という思惑があることは伏せておく。心の狭い男だとは思われたくない。

「なにからなにまでありがとうございます、ジェイラス様」

純真無垢な笑顔を向けられると心が痛む。

――ローズマリーには俺の都合ばかり押しつけているというのに……。

初めにメルベースへの出入りを禁じたのも、それを解いてハーブティーの給仕を頼んだのも、栄誉勲章のための報告書作りに専念するようにと言ったのも、一方的に命じているようなものだ。

身勝手だ、横暴だと反発されてもおかしくないというのに、ローズマリーは変わらず嬉しそうに笑っている。

――絶対に幸せにする。

ジェイラスは「ああ」とだけ答えて、香り立つハーブティーを飲んだ。

メルベースから戻ったローズマリーは父親の執務室へと直行し、「明日ジェイラスが来る」と話した。ノーマンにも「団長の訪問を父上に伝えておいてほしい」と頼まれていた。

「それはつまり、明日レッドフォード侯爵がおまえに婚姻を申し入れにくるということだな?」

ローズマリーは頬が熱くなるのを感じながら「はい」と答える。父親はとたんに満面の笑みになった。

父親には、ジェイラスが好きだということ、彼にも想いを返してもらっていることをすでに話していた。

「いよいよおまえも結婚か。少し寂しいが、喜ばしいことだ。おめでとう、ローズマリー」

「ありがとうございます、お父様」

父親の執務室を出たローズマリーは夕食後、早々に眠る支度を調えてベッドに入った。

そして翌日。メルヴィル伯爵邸にやってきたジェイラスの表情はいつになく硬かった。

応接間に両親と長兄が集まりジェイラスを迎える。ローズマリーは今日ばかりはハーブティーの給仕はせず、メイドが淹れてくれた紅茶を飲んで事の成り行きを見守った。

終始和やかに縁談がまとまる。父親も長兄も、栄誉勲章の獲得には意欲を見せていた。これまで「辺境地だから」と諦めていた栄誉勲章の授与がジェイラスの力添えで実現できるとなれば、引け目を感じていたらしい彼らには願ってもないことだ。

もちろんローズマリーも、王都の舞踏会で「栄誉勲章もない伯爵令嬢が」と言われたことを気にしていた。いまのままではジェイラスと釣り合いが取れない。

ジェイラスにふさわしいレディになるために、栄誉勲章の叙勲を目標にそのほかのことにも最大限、努力していきたい。

応接間を出たローズマリーとジェイラスはふたりきりで薬草園へ行った。

「前よりも花が増えている」

ジェイラスの表情は、この邸へ来たときとはまったく違っていて、とても柔らかい。

――もしかして緊張なさっていた？

それはきっと、結婚について真剣に考えてくれているということ。ローズマリーは心の奥がじわりと熱を帯びるのを感じた。

「これから夏に向けて、どんどん花開いていきますよ」

そこここに咲き乱れるダンディライオンの黄色い花を眺めながらふたりは薬草園の奥へと歩く。ガゼボに到着すると、木製のベンチに並んで座った。

肩を抱き寄せられ、それとは反対側の肩に彼の頭が載る。甘えるような仕草だ。

——すごくリラックスしていらっしゃるみたい。

穏やかな表情の彼をほほえましく見つめる。

「……いい香りがする」

ジェイラスはローズマリーの首筋に顔を埋めてそう言った。

「花が咲いていますものね、たくさん……」

「いいと思ったのはきみの匂いだ」

彼が顔を上げる。新緑を思わせる瞳が見つめてくる。

「甘く、かぐわしい……俺だけの花」

唇を指で辿《たど》られた。まるでキスをねだるように、じいっと視線を据えられる。

ドキドキとして落ち着かないながらも、彼の気持ちに応えるべくそっと逞しい背に腕をまわした。すると、ジェイラスの指先がピクッと小さく揺れた。エメラルドグリーンの双眸がしだいに近づいてくる。

目を開けていられなくなって閉じる。唇同士がぶつかったことで、心が震える。探るように唇が合わさり、離れる。

ジェイラスは一呼吸置くと、もう一度唇を寄せてきた。今度は、先ほどと違って遠慮がなく、深く食《は》まれた。しだいに激しくなり、貪り尽くされてしまいそうになる。

息をするのがやっとだった。ローズマリーはずるずるとベンチに仰向けになる。

彼は恍惚《こうこつ》とした表情を浮かべて、より深いキスを施していく。吹く風が、甘い香りや若草の爽やかな匂いを運んでくる。

屋外で、唇同士を深く重ね合わせている。そのことを自覚すると、いままでに感じたことのない羞恥心と背徳感が込み上げてきた。

このガゼボは背の高い木々に囲まれているから、邸のどこからも見えない。だから屋内にいるのと変わらないのだ、とローズマリーは必死に自分に言い聞かせる。

——で、でも……いくら婚約したからといって、いいのかしら？

このようなキスを交わしてしまって、神のお叱りを受けないだろうか。ローズマリーの不安を感じ取ったように、唇が離れる。それでも顔の距離は近い。こちらへ向かって垂れ落ちている銀髪の先が、額や頬に当たっている。

「……嫌、だったか？」

掠《かす》れ声で、眉根を寄せて心配そうにそんなことを聞かれれば、深く考えるよりも先に首を横に振ってしまう。

——嫌だなんて、少しも思わない。

するとジェイラスは心から安堵したというような笑みを浮かべた。

「では……もう少しだけ」

低い囁き声だった。ふたたび唇を寄せられる。

背徳感はどこへやら、ローズマリーは目を瞑りくちづけに応える。柔らかな感触と熱い吐息が頭の中を心地よく痺《しび》れさせる。彼のことを好きだと思う気持ちがどんどん膨れ上がっていった。

ローズマリーはさっそく栄誉勲章叙勲のための報告書作りに取りかかっていた。メルベースにはすでに王都から給仕係が到着している頃だろう。「レッドフォード団長は仕事が速い」と、朝食の席でノーマンが感心していた。

午前のうちに家族で報告書の分担をした。ジェイラスが言っていたとおり、項目が細分化されていてなかなか骨が折れそうだ。

ローズマリーが担当することになった薬草園の箇所はかなりのページ数がある。両親と長兄は領地管理の仕事もあるためだ。

ローズマリーにも、客を薬草園に案内するという役割があったが、これからしばらくは報告書作りに専念する。薬草園全体の図面と植えている薬草、その加工方法と効能について記すことになる。

「おーい、ローズマリー！」

大声を出しながらノーマンが駆けてきた。「鼻がむずむずする」だとか「くしゃみが止

まらなくなる」と言って薬草園にはめったに入ってこないというのに、珍しい。

「たいへんだ、レッドフォード団長がオスカーと決闘することになった！」

しゃがみ込んでハーブのスケッチをしていたローズマリーは「けっ、決闘⁉」と声を裏返らせる。

オスカーは、いつも給湯室にハーブティーを飲みにきていた団員なのでよく知っている。ガードナー侯爵に負けず劣らずの大男だ。

「いや、決闘というか訓練の一環なんだが、オスカーがぜひ手合わせさせてほしいと団長に申し出たらしい。それで、おまえにもそれを見にきてほしいんだ。オスカーがどうしてもおまえを呼んでくれとうるさくて。けれどねぇ……訓練中は危険もある。無理はしなくていい」

「もしかして、手合わせの剣は本物を使うのでしょうか？」

「そのようだ」

ローズマリーは瞬時に青ざめる。

「伺いたいです。遠くから見ていますので、それなら問題ないですよね？」

「んん、まぁ……」

実戦に備えて剣で訓練をするというのはごく当たり前で、必要なことだ。そうわかっていても、心配だった。

ローズマリーはメルベースの訓練場へと急ぐ。そこは古代の闘技場を模した造りになっていた。

円形闘技場の中央でジェイラスとオスカーが対峙《たいじ》している。天高く昇った太陽がふたりの持つ真剣をぎらぎらと光らせていた。ローズマリーはそれを遠くから見守る。

オスカーがジェイラスに猛攻をかける。殺意があるのではと思うくらい凄《すさ》まじかった。大きな体軀《たいく》で激しく攻めるオスカーはまるで、獣がなんとかして嚙みつこうとしているように見えた。

いっぽうジェイラスはそれをあしらうように、軽い身のこなしで躱《かわ》していく。ジェイラスに余裕があるのは一目瞭然だったがそれでも、オスカーが剣を振るたびにドクンと胸が鳴り、不安を掻き立てられた。

しだいにオスカーの勢いがなくなる。ぜいぜいと肩で息をしている。ジェイラスはオスカーの剣を避けたり軽く弾《はじ》いたりして受け流していた。

「おぉおおお！」

オスカーは雄叫《おたけ》びを上げると、ジェイラスに向かって突進していった。ジェイラスは、向かってくるオスカーを躱さずに正面から受け止め、その剣を弾き飛ばす。キイイインッ……と、泣くような音を出してオスカーの剣は地に落ちた。

「決着がついたね。ガードナー前団長はいかにも『守護獣』といった風情だったけれど……レッドフォード団長はまさしく『守護神』だ」

地面に両手と両膝をついて項垂《うなだ》れているオスカーを静かに見下ろすジェイラスに真昼の陽光が降りかかる。そんな彼の姿はノーマンの言うとおり神々しかった。

ジェイラスが口を開く。遠いので会話の内容はわからない。ただ、ジェイラスはオスカーを宥《なだ》めているようだった。それから、ふたりしてこちらを見てきた。ローズマリーが首を傾げると、ジェイラスは微笑して訓練場を出ていった。

「そういえば、訓練が終わったらおまえに団長室に来てほしいとレッドフォード団長が言っていたよ」

ローズマリーはすぐに団長室へ向かった。すると部屋にはジェイラスと、見知らぬ男性がいた。

「ローズマリーの後任……と言っていいのかわからないが、彼が給仕の担当だ」

王都からメルベースにやってきた給仕係は男性だった。元修道士で、王城では侍従をしていたらしい。朝から晩までメルベースに常駐するそうだ。

――私はお昼過ぎにしか来ていなかったもの。一日中、いつだってハーブティーを飲めるようになって、みんなきっと喜んでいるわね。

ローズマリーは「うん、うん」と心の中で頷いて、ジェイラスに言われるままソファに座った。給仕係の男性はローズマリーとジェイラスにハーブティーを淹れると団長室を出ていった。

「報告書作りで忙しくしているときに悪いな」

「いいえ、とんでもございません」

ジェイラスはほほえみ、ローズマリーの隣に座る。給仕係の男性はジェイラスがローズマリーの向かいに座ると思っていたらしく、ティーカップはローテーブルの向こう端に置かれていた。それをジェイラスは片手で引き寄せて自分の前に持ってくると、一口だけ中身を啜った。ローズマリーもまたハーブティーを飲む。

「そういえば、先ほどはオスカーとなにを話していらっしゃったのですか？」

あのように視線を寄越《よこ》されては気になってしまって仕方がない。

「……彼のことは呼び捨てるんだな」

ジェイラスが急に不機嫌になってしまった理由がわからず、ローズマリーは困惑する。

「あ、あの……ごめんなさい。私、お気を悪くするようなことを……」

ローズマリーが萎縮《いしゅく》していることに気がついたジェイラスはパッと眉間の皺を消して
「いや、きみは悪くない」と口早に言った。それからティーカップを手に取ると、ぐいっと一気に飲み干した。

「オスカーが、自分よりも弱い男だったらローズマリーを任せられない、と言ってきた。だから手合わせしたんだ。……きみは皆に愛されている」

ローズマリーがなにか言う前にジェイラスはその唇を荒々しく塞ぐ。

「んんっ……！」

角度を変えながら何度もくちづけたあと、息をたっぷりと艶っぽく吐きだしながらジェイラスは唇を離した。

「だが一番は俺だ」

鼻がぶつかりそうなくらい間近で、ジェイラスは長い睫毛を伏せる。

「きみを最も愛しているのは俺だということを、わかってほしい」

詰め襟のボタンがひとつ、ふたつとと外されていく。ローズマリーはどうすることもできずうろたえるばかりだ。

ジェイラスはローズマリーのドレスの襟を肩のほうへとずらすと、白い首筋を強く吸い立てて赤い痕を残した。

「大丈夫、だ。これ以上、きみの肌を暴くようなことはしない。……してはいけない、まだ」

自分に言い聞かせるようにジェイラスが呟く。彼の眉間にはまたしても皺が寄っていた。

ローズマリーがそっと指で辿ると、ジェイラスは目を見開いたあとでふわりと笑った。

ローズマリーの唇に、触れるだけのキスをして肩に顔を埋める。

「結婚、したら」

ぽつり、ぽつりと彼が話しはじめる。

「きみにはレッドフォード侯爵邸に住んでもらおうと思っている。メルベースや伯爵邸ともそう離れていないから、ご両親や家族とも気軽に会えるだろう」

結婚への不安を取り除こうとしてくれている。彼の心遣いが嬉しくて自然と顔がほころぶ。ローズマリーは「はい」と答えて頷いた。

「……待ち遠しいな」

ジェイラスの右手が頬を撫で、そのまま頬をくすぐる。彼がレッドフォードの森でリスにそうしていたことが頭に浮かんだ。

「私……リスみたいですか？」

そう言ってしまったあとで、以前彼に「俺はクマと似ているか」と尋ねられたのを思いだした。ジェイラスはきょとんとしている。

「まさか。比べものにならない」

音を立ててちゅっと頬を吸われ、耳朶《じだ》を食まれる。ジェイラスはローズマリーの耳に息を吹き込むようにして言う。

「きみの愛らしさには何人《なんぴと》たりとも敵《かな》わない」

吐息混じりの声に、全身がぞくぞくと戦慄《わなな》く。なんて甘い声を出すのだろう。手足がジンと熱くなる。

「いや、語弊があるな。リスは人ではないから……」

なにか思いついたらしく、ジェイラスは納得するように大きく頷いた。

「万物のなによりも愛しい存在だ、ローズマリー」

「……っ！」

大真面目にそう言うジェイラスを直視することができない。彼はきっと誇大な表現をしているのではない。ごく真剣に言ってくれているのだ。

――そんなに、想ってくださっているなんて……。

嬉しくて、幸せで、幸せすぎて。本当に大丈夫なのだろうかとすら思えてくる。ローズマリーは縋るように、ジェイラスの服の裾を摑んだ。


朝食を終えて食堂を出たとき、だれかが駆けてくる足音がした。

「たたっ、たいへんだ！」

「どうなさったのですか、お兄様」

ノーマンはつい先ほどメルベースへ出かけたばかりだ。それなのにもう戻ってきたということは、よほどの緊急事態らしい。ノーマンはよく「たいへん」な報《しら》せを持ってくる。

「レッドフォード団長が次期国王に指名された！」

「じきこくおう……国、王……ジェイラス様が⁉」

「そうだ」と、ノーマンはからかいのない顔で頷く。

「それは、ええと……おめでとうございます」

ジェイラスはこの場にいないというのに、気が動転して的外れな発言をしてしまう。

ルノエの現国王に会ったのは、社交界デビューしたときの一回のみだった。威厳に満ちあふれた姿で高みの玉座にいた。いまでも遠い世界の人だ。

「なに呑気《のんき》なこと言ってるんだい。そうなればローズマリーは王妃になるんだよ」

「おうひ……」と、ローズマリーはまたしてもたどたどしく兄の言葉を繰り返す。まわりにいたメイドたちが一様に見つめてくる。

現王妃の姿もまた遠目で見たきりだった。それでも、気品と気高さを纏《まと》った王妃は多大なる存在感を放っていた。

「わわ、わっ、私が⁉」

うろたえながら問えば、ノーマンを含めその場にいた全員が大きく頷く。

「ですが、どうして急にジェイラス様は王位を継ぐことになられたのでしょうか。ジェイラス様のお兄様方は……」

「それが、レッドフォード団長の異母兄ふたりの失言が国王の耳に入ったらしい」

「失言ですか？」

ノーマンが「ああ」と唸《うな》りながら頷く。ジェイラスの兄たちが「老いた国王には早々に退場願いたい」「まったくそのとおりだ」と話していたことで国王の怒りを買ったのだという。

「まあでも、じつのところそれよりも前から国王と第一王子、第二王子とのあいだには確執があったらしい。とにかく、指名されたからには絶対だ。レッドフォード団長が次の国王になる」

兄の表情は先ほどから晴れない。『心配事がある』と顔に書いてある。

「……ローズマリー、覚悟はある？　王妃っていう立場は……レッドフォード侯爵夫人っていうのとは、きっと比べものにならない」

国王の妃となれば当然、王都に住むことになる。メルヴィル伯爵領と王都を行き来することはそう簡単にはできないだろう。

「じつはレッドフォード団長に言われて急ぎ知らせに来たんだ。団長は、夕方にはここを訪ねられるそうだ。父上も交えてよく話し合いたい、と……。それまで、しっかり考えるんだよ」

「……はい、お兄様」

「よし。じゃあ僕は父上のところへ行ってくる」

そうしてノーマンは給湯室を出ていった。

夕方になると、ノーマンが予告していたとおりジェイラスが訪ねてきた。

「申し訳ございません、ジェイラス様。父はいま急な来客がございまして」

「ああ、かまわない。約束もなく押しかけてきたのは俺も同じだ」

ローズマリーはジェイラスを、父親が客をもてなしているのとは別の応接間に通そうとする。

「きみの私室へ行っても？」

「えっ？　私の部屋……ですか？」

ジェイラスが「ああ」と即答したので、ローズマリーは彼を私室へ案内した。ジェイラスは興味深そうにローズマリーの部屋を見まわす。

「あ……すまない、じろじろと見て」

「いいえ、どうぞお気になさらず」

ソファに腰掛けたジェイラスは、どこか疲れているように見受けられた。ローズマリーは自分の名前と同じハーブティーを淹れる。少しでも疲労を回復してもらえればと思った。

ジェイラスは美味しそうにハーブティーを飲んだあとで話しはじめる。

「ノーマンから聞いて、きみも驚いているかと思う。俺もそうだ。だがまったく覚悟がなかったわけではないし、指名されたからには王位を継ぎたいと思っている。国王になったとしても、きみにずっとそばにいてもらいたい気持ちは変わらない。だから……ついてきてほしい、俺に」

ジェイラスの隣に座ったローズマリーは、温かなティーカップを手に持ったまま「はい」と返事をした。

「私は……このハーブティーのように、なりたいです」

彼が首を傾げる。ローズマリーは言葉を足す。

「このハーブティーは、私と同じ……ローズマリー、ですから」

「なるほど。俺を癒やしてくれる存在ということだな」

「はい。お役に立てたら、と思っています」

「そばにいてくれるだけで十分なんだが……きみは頑張り屋だ。だがそういうところもやっぱり、好きだ」

ジェイラスはエメラルドの瞳を優しげに細めてローズマリーの両頬を手のひらで覆う。頬にあてがわれた手の温《ぬく》もりが、未来への期待を高め不安を払拭《ふっしょく》する。

「絶対に手放さない。なにがあっても」

窓から吹き込む風がハーブの香りを運んできた。うっとりとしてしまうのは、ハーブの香りに癒やされたからかあるいはジェイラスの麗しさに惚けているせいか。きっと両方だ。

目を閉じると、甘やかに唇が重なった。

ジェイラスと婚約したローズマリーは王妃教育のため、メルヴィル伯爵家を出て王城へ行くことになった。

王都へと出立する日の朝、食堂から私室へ戻る途中でノーマンに遭遇した。

「聞いてくれ、ローズマリー！　僕が次期団長に指名されたんだ」

昇進することに関心が高かったノーマンは大喜びだ。

「おめでとうございます、お兄様」

「ああ！　おまえも今日、出立だろう。王都でもしっかりやるんだぞ」

「はい」

それから間もなくして馬車へ荷物の積み込みが始まる。居所を移すにあたり、クマのぬいぐるみは諦めた。王城に持ち込むものではないだろう。

両親と長兄、それからデイジーに見送られてローズマリーは伯爵邸を発《た》った。

王城へは馬車で二日かけて到着した。舞踏会のときはダンスホールへ直行したが、今回は違う。車寄せで馬車を降りたローズマリーは侍従の案内で城の奥へと行った。

天使の天井画が描かれた廊下を無言で歩く。ローズマリーの横に並んで歩く人はいなかった。斜め前には侍従が、後ろには荷物を持った侍女たちがついてくるだけだ。

「こちらがローズマリー様のお部屋でございます」

侍従が扉を開ける。ローズマリーは目を瞠《みは》る。

——私の部屋だわ。

もちろん、今日からここが自分の部屋になるわけだが、ここがあまりにもメルヴィル伯爵邸の私室と似ていたのでそう錯覚したのだ。部屋のあちらこちらに、真新しいクマのぬいぐるみが置かれている。ジェイラスが、実家に似せて設《しつら》えてくれたに違いない。

ローズマリーは侍従に尋ねる。

「ジェイラス殿下はいまどちらに？」

「議会の最中かと存じます。ローズマリー様は一時間後にガードナー侯爵夫人とのご対面がございます」

どこかそっけなくそう言うと、侍従は低頭して去っていった。壁際に控えていた城の侍女が荷運びを始める。

ローズマリーが「ありがとう」と声を掛けると、侍女たちはすまし顔で「とんでもございません」と答えただけだった。

「なにかございましたら鈴でお呼びくださいませ」

平坦《へいたん》な調子でそう言って侍女たちは皆が部屋から出ていった。ローズマリーはひとりで荷物の整理をする。といっても、侍女たちがほとんどしてくれたので、こまごまとした物の位置を少し変える程度だ。

王城へはメルヴィル伯爵家のメイドはひとりも連れてこなかった。伯爵邸は人員不足だし、メイドにしても急に王城務めになるのは酷だろうと思ったからだ。事実、城へついてきたいというメイドはひとりもいなかった。

コンコンッと、控えめながらも素早く扉がノックされて「俺だが」という声が聞こえた。だれなのかすぐにわかったローズマリーは急いで扉を開ける。

「ジェイラス様！　いまは議会のお時間なのでは……」

「ああ、これからだ。その前に一目きみを見たくて」

腰を抱かれ、編み込んでいた髪をそっと撫でられる。

「長旅で疲れただろう。出迎えが間に合わず、すまなかった」

「いいえ、とんでもございません。お顔を見せてくださって、ありがとうございました」

ジェイラスは目を伏せてほほえみ、ローズマリーの頬にキスをして部屋を出ていった。

――お忙しいはずなのに、来てくださった。

ローズマリーはソファに座り、クマのぬいぐるみを抱いて顔をほころばせた。

一時間ほどが経つと、ガードナー侯爵夫人が部屋にやってきた。彼女はローズマリーの教育係を担うことになっていた。国王との謁見前に、王都社交界のいろはを彼女から学ぶのだ。

ルノエ国のあちらこちらを馬で駆けまわるガードナー侯爵と違って、夫人のグレタは王都からはほとんど出ないという。

「ごきげんよう。お久しゅうございます、グレタ様」

ローズマリーが最敬礼をすると、グレタは表情を変えずに「ごきげんよう」と返した。彼女と会うのは二度目で、社交界デビュー以来だ。

「今日はお話しだけにいたしましょう」

そう言うなりグレタはソファに座った。彼女と一緒に来た侍女たちが紅茶を淹れる。するとグレタは紅茶に砂糖をたっぷり入れるよう侍女に指示していた。ローズマリーはグレタの向かいに座り、侍女が淹れた紅茶を啜った。

「ところであなた、ハーブティーを淹れることがあるのですって?」

「はい。今度ぜひグレタ様もいかがでしょうか?」

「私はけっこう。ハーブティーは嫌いよ。草の匂いがするし、甘くないもの。それに、ここ王都はあなたがいたような辺境地と違ってハーブなんて自生もしていないのだから」

その言葉のすぐあとにグレタは「コホ、コホ」と小さく咳をした。

「医者にはかかっているけれど……なかなかよくならないのよね」と、グレタは小さな声で言った。

グレタが部屋から出ていったあと、ローズマリーは私室でひとり考え込んでいた。

――そうだわ、フェンネルハチミツを作りましょう!

実家から持ち込んだ荷物のほとんどはハーブにまつわるものだった。ローズマリーはその中からフェンネルの種実を取りだす。それをすり鉢で細かくすり、ハチミツに入れて掻き混ぜた。あとは十日間おいてから濾《こ》せばよい。

翌日、グレタはまた私室へ来てくれた。ところがやはり、二言三言、話をすると帰ってしまう。ローズマリーは、指示された書物を読むばかりだ。それが十日間続いた。

グレタが部屋に来る頃になると、ローズマリーは熟成したフェンネルハチミツを小さじ二杯ほどカップに入れて熱湯で溶かした。

扉がノックされ、グレタが姿を現す。

「……なあに？　すごく甘い香りがするわね」

「はい。フェンネルというハーブを混ぜたハチミツを湯で溶かしたものです。フェンネルハチミツは咳を鎮めるとされています。もしよければ……グレタ様に試していただきたくて」

グレタは眉間に皺を寄せながらもソファに腰を下ろし、甘い匂いに誘われるようにして一口飲んだ。

「……甘くて、飲みやすいわ。香りも……悪くない。……ハーブのこと、誤解していたようだわ」

その日からしだいにグレタの指導は変わっていった。さらに十日が経つ頃にはグレタの咳も治まり、何時間もローズマリーの部屋に滞在するようになった。そして、王都社交界でのマナーを丁寧に教えてくれた。

「今日は休みだ。祭りへ行こう」

きょとんとするローズマリーの手を取ってジェイラスは歩きだす。

一週間ほど前に、ジェイラスから「五月一日は予定を空けておいてほしい」と言われたが、まさか祭りへ行くことになるとは夢にも思っていなかった。

ふたりは手を繋いだまま城の厩舎《きゅうしゃ》へ行き、馬に乗り裏門から外へ出た。ふたりの衛兵が敬礼して「行ってらっしゃいませ」と言う。

「昔から、忍んで出かけるときにはここを通る。この裏門は夜勤の者の出入りもあるから二十四時間、開いている。本来なら俺が通る出入り口ではないと宰相から苦言を呈されたこともあるが、表門から出ると目立つからな。よくこっちを使っている」

「そうだったのですか」

今日はいつかのときとは違って鞍のついた馬に乗っていた。ジェイラスの後ろに横乗りして、ローズマリーは彼の言葉に耳を澄ます。

「俺は王子といっても三番目だったから、兄たちに比べれば奔放に生きてきたと思う。よく市井に出かけていたが、だれにも咎められることはなかった。だからなのか、言葉遣いもこんなふうだ。公の場では気をつけるようにしているが」

ローズマリーもまた貴族の男性よりも庭師や騎士団の面々と接する機会が多かったからか、彼が多少ぶっきらぼうな話し方をしていてもまったく気にならなかった。

――でもジェイラス様は気になさっていたのかしら？

ローズマリーは「ふふ」と笑う。

「いまから行くマノーク村の領主は遠縁の伯爵家でな。幼少の頃からよく遊びにいっていた。王都へ出入りするには必ずこのマノーク村を通るはずだから、ローズマリーも馬車で何度か通過しているはずだ」

小一時間ほどで集落に着く。あたり一面に葡萄《ぶどう》畑が広がっていた。

ジェイラスはローズマリーが馬から降りるのを手伝ったあと、慣れたようすで手綱を太い木の幹に括《くく》りつけた。

葡萄畑の合間の細道をふたりで歩く。するとどこからともなく村人が現れた。

「やあ、殿下！　おかえりなさい。オルグラナはどうでしたか？」

「充実した日々を過ごしたよ」

「それはよかった！　これからはずっとルノエにいてくださるんでしょうね」

「もちろんだ。ルノエのために尽力する。この国の全土が幸福で満ちあふれるように」

「心強いねえ、この国は安泰だ」と、老婆が目を細める。

そこここで「次期国王様のありがたいお言葉だ」などと聞こえてくる。マノーク村にも、ジェイラスが次期国王に指名されたことは知れ渡っているらしかった。

それからは歩くたびに声をかけられた。ジェイラスは村人のだれひとりとしてないがしろにせず、一言二言だがきちんと言葉を返していった。

村じゅうの人と言葉を交わし終わる頃になってジェイラスが言う。

「じつは、この村の者から五月祭にはぜひ来てほしいと誘われていたんだ」

村の広場には『五月柱《メイポール》』があった。木を切りだし、飾りつけて大地に突き立て、夏の豊《ほう》穣《じょう》を祈る。村人たちはその五月柱のまわりを踊っていた。

「大盛り上がりですね」

熱気と喧噪《けんそう》に圧倒される。

「祭りは彼らにとって非日常であり最大の娯楽だからな。羽目を外して騒いでも許される日だ」

村の女性が、広場にいた全員にビールが入ったジョッキを配る。どうやらそれで乾杯するらしい。

男性の「よき夏を祝って乾杯！」という高らかな声とともにその場にいた者たちがビールを呷《あお》る。ローズマリーも口をつけたが、初めてのビールに思わず顔を顰《しか》めてしまう。

——でも、全部飲んだほうがいいわよね？

まわりを見れば、男女に関係なくあっという間に皆が天を仰いでジョッキを空にしていく。ここで飲み残すようなことがあれば興ざめさせてしまうかもしれない。ローズマリーは意を決する。

「ローズマリー、きみのもくれないか？　一杯では足りなかった」

そう言うなりジェイラスはローズマリーが持っているジョッキに手を重ねた。

「は、はいっ。どうぞ」

ジェイラスはローズマリーから渡されたジョッキを一気に飲み干す。

——私が……ビールが苦手だと気がついて、代わりに飲んでくださったのだわ。

彼の優しさが心に染みる。ローズマリーは空になったふたつのジョッキをテーブルに置いた。するとジェイラスから「踊ろう」と誘われた。ステップはめちゃくちゃだというのに、まわりもそうだから気にならない。楽しくて仕方がなかった。

そこへガシャンッと大きな音が響く。音がしたほうへと駆け寄ると、村の青年が右手を怪我《けが》していた。

「いてて……」と、眉根を寄せている青年のもとへすぐに村医者がやってくる。老年の医者は青年の右手にぐるぐると包帯を巻きつけると「二週間もすれば治るわい」と言い残して帰っていった。

「あ～あ～、なにやってるんだい！　これから弓の射的大会だってのに」

「弓の射的大会？」

ローズマリーが尋ねると、恰幅《かっぷく》のよい女性が「そうさ」と頷いた。

「私たちはふだんは農作ばかりだけれどね、祭りのときだけは弓を使って楽しむのさ。いちばん多く的を射た者が優勝。領主様が用意してくださったとっておきのワインを山ほど貰えるんだよ！」

女性はローズマリーの傍らにいたジェイラスを見て思いついたように「そうだ！」と叫ぶ。

「殿下！　うちの息子の代わりに出なよ」

「俺が？」

「そうさ！」

ジェイラスは女性に背を押されながら弓の射的場へと移動する。そこでは村の青年たちが弓を持ち的に対峙していた。

やれやれといったようすでジェイラスが射場に立つ。弓と矢を持った彼の立ち姿は百戦錬磨の使い手に見えた。きっと射形――弓を構え、矢を携える姿勢――がとても美しいからだ。

彼が弓を引くと、あたりの空気が変わった。狙いを定めるジェイラスから目が離せなくなる。なにもかもが彼に集約していくようだった。

放たれた矢は一直線に飛び、的の中心を射る。そうしてジェイラスは四本の矢をすべて中心に的中させ、優勝した。

「俺は代役だ。このワインは貰えない」

「なに言ってるんだい、殿下のものだよ！」

ジェイラスは「んん」と唸ってあたりを見まわす。

「では……ワインはいますぐ、すべて開封する。皆で飲もう」

広場はジェイラスを中心に大いに湧く。「ジェイラス陛下万歳！」という声が聞こえてくると、彼は眉根を寄せて「気が早い」とぼやいた。

――ジェイラス様は本当に、皆に慕われていらっしゃるわ。

自分のことのように嬉しくなる。

その日はマノーク村の伯爵邸に一泊した。

「マノーク伯爵、アルバートだ。俺の遠縁でもある」

ジェイラスが領主を紹介してくれる。ローズマリーのことは、ジェイラスがあらかじめマノーク伯爵に報せていたようで「ようこそ、ローズマリー嬢。このたびはご婚約おめでとうございます」と祝いの言葉を貰った。

「おふたりとも、祭りは楽しめましたか？」

ジェイラスは「相変わらずだ」と言い、ローズマリーは率直に「楽しかったです」と答えた。

食堂での晩餐を終えて湯浴《ゆあ》みを済ませ、伯爵邸のメイドに案内されるまま続き間の寝室へと歩く。そこにはキングサイズのベッドがひとつだけ置かれていた。ひとりで寝るには広すぎるくらいだった。すると、反対側の続き間から声が聞こえてきた。

「ぜひ奥の部屋をフィアンセと一緒に使ってくれ。当家でいちばん豪華な寝室だよ」

「だが俺たちはまだ挙式を済ませていない」

「でも婚約してるんでしょう？　じゃあもういいじゃないか。ちなみに奥の部屋しか用意ができていないからね」

「嘘をつけ。この部屋にだってベッドはあるじゃないか」

「きみはもう子どもではないのだから、こんな小さなベッドでは満足に眠れないでしょう。どうぞおふたりで大きなベッドを使って。それじゃあごゆっくり」

背を押されるようにしてジェイラスが入ってくる。

「……！　ローズマリー」

「あ、も……申し訳ございません。ジェイラス様と伯爵様のお話、聞いてしまいました」

「いや、俺のほうこそ……なんというか、すまない。まったく、アルバートは強引だ」

ジェイラスは扉を閉め、内鍵をかける。ローズマリーに付き従っていたメイドたちも、反対側の扉から出ていってしまった。ジェイラスはその扉の鍵も施錠して、ベッド端に座った。

「だが、きみとふたりきりでゆっくりと過ごせるのは……いい。ローズマリー、ここに」

彼が隣をぽんぽんと叩くので、ローズマリーはその場所に腰を下ろした。すぐに肩を抱かれる。トクンと胸が鳴る。

「そ、そういえば伯爵様はお祭りには参加なさらなかったのですね」

「ああ。あいつは酒が飲めないから、開始の挨拶をしたらすぐに引っ込む」

ジェイラスはビールにワインを何杯も、かなりの量の酒を飲んでいたが顔色も態度もふだんと変わらない。

「ジェイラス様はお酒にお強いのですね」

「まあ、弱くはないな。オルグラナに留学する前まではここの祭りによく参加していた。アルバートの代わりに村人たちに飲まされたものだ」

ローズマリーは「ふふ」と笑う。ジェイラスはじいっとこちらを見ている。

「……眠ろうか」

ジェイラスはベッドの足下のランプを除いて部屋の明かりをすべて消した。ふたりとも天井を向いて寝転がる。互いにしばらく無言だった。

「……狭くはないか？」

「だ、大丈夫です」

しかしながらドキドキして眠れそうにない。ジェイラスも落ち着かないのか、ごろんと寝返りを打ってこちらを向いた。ローズマリーもまた彼のほうを向いて横たわる。

「王都での生活は……どうだ？」

気遣わしげな視線だ。今日は、息抜きに連れだしてくれたのかもしれない。

「おかげさまですごく充実しています」

ジェイラスに会うことができるのは朝食の席だけだから、あまりゆっくりとは話ができなかった。こうしてふたりきりで話ができて嬉しい。

ほほえんでいたジェイラスだが、しだいに表情が硬くなる。どうしたのだろう。

「……まいったな。そんなに薄着だと、揺さぶられてしまう」

薄明かりの中で翡翠《ひすい》の瞳が小さく揺れる。

「だが婚前だ。きみに手を出すわけには……」

ところがジェイラスの両手はこちらへ向かって伸びてくる。全身を撫でまわされ、ネグリジェに皺が寄っていく。彼は言っていることとやっていることが違う。

「あ、あの……ジェイラス様、酔っていらっしゃいますか？」

見た目にはいつもどおりのジェイラスだがやはり、あれだけの酒を飲めば酔うのは当然だ。するとジェイラスはローズマリーの背と腰に腕をまわして抱き寄せた。

「……そうかもな」

　掠れ声と熱い吐息が耳をくすぐる。いや、耳だけでなく全身をくすぐられているようだった。

「後ろを向いて」

　ローズマリーは頷き、言われるまま彼に背を向ける。ジェイラスはしばらくなにも話さなかった。

「きみの顔を見ないでいれば、少しは欲望を抑えられると思ったんだが……逆効果だった。振り向かせたくてたまらなくなる」

　生温かく、ざらついた舌が首筋を舐《な》め上げる。そうかと思えば耳たぶを舌で嬲《なぶ》られた。

　ローズマリーは「ん、んぅ」と呻《うめ》く。

「俺がきみに背を向けるべきなんだろうが……それは嫌だ。俺はなにがあっても、きみを拒むような姿勢は取りたくない。絶対に」

　背後からまわり込んできた手が頰や唇を撫でまわす。大きな手のひらはやがて胸のほうへと下りていった。

「脱がしは、しないから」

　コルセットのない無防備なふたつの膨らみを、ネグリジェの薄布越しに彼の両手が捉えて揉《も》み込《こ》みはじめる。とたんに、感じたことのない快さに包まれた。恥ずかしいという思いは不思議と影を潜めている。

「ここ……この、硬い箇所は……」

揉《も》み込まれることで、触れずとも尖ってしまった胸のいただきを指で探られる。

「きみの……」

ジェイラスは言葉を切り、ネグリジェの上から胸飾りを引《ひ》っ掻く。棘の位置を、あるいは硬さを確かめるように何度も指先でいたぶられた。

「やっ、や……！　だめ、ですっ……ジェイラス様」

ローズマリーは口元を手で覆って苦悶《くもん》する。

「そんな反応をされて、やめられるわけがない」

ネグリジェの上にありありと隆起した尖りを指でつままれる。ジェイラスは息をつきながら、白いうなじに舌を這《は》わせた。

「あ、あっ……やぁっ……！」

彼には背を向けていたはずなのに、いつの間にか仰向けになっていた。ジェイラスが上に乗っかる恰好《かっこう》になっている。

胸の先端は依然として指で弄ばれていた。じかにそうされているわけではないのに、快感は強い。唇を塞がれるとよけいに、強烈な快楽に見舞われた。

「んん、んっ、んっ……！」

下腹部を中心にびくん、びくんと体がひとりでに脈を打つ。それをジェイラスは見逃さなかった。

「……達してしまったのか。気持ちよく、なってくれたんだな」

独り言のような調子だった。それでも、それが揺るぎない事実には変わりない。

ローズマリーが羞恥心で顔を上気させると、ジェイラスは「かわいい」と呟いてふたたびその唇を塞いだ。

第三章　エメラルドの首輪

一通の招待状を手にしたローズマリーは机を挟んで、教育係のグレタと向かい合っていた。

「社交の場では話題についていくこともだけれど、まわりをよく見ることが大切よ。相手がなにを考えているのか推察するの。観察眼を鍛えなければならないわ。そして、なにがあろうとも常にほほえみを絶やさないでいること」

「はい、グレタ様」

ローズマリーが返事をすると、グレタは息をついて立ち上がった。

「それでは私は失礼するけれど……ジェイラス殿下のご用事はなにかしら」

本来なら午後はみっちりとグレタから教育を受けるはずだが、ジェイラスから「時間を作ってほしい」と言われていた。

「フリント公爵から招待された茶会に向けてもっとマナーレッスンをしておくべきなのに」

「申し訳ございません、グレタ様」

「いいのよ。あなたが悪いのではないわ」

　グレタが部屋を出ていこうとしたので侍女が扉を開けると、ジェイラスが現れた。ローズマリーとグレタはそれぞれジェイラスに挨拶をした。

「フリント公爵から茶会の招待を受けたと聞いた」

　それにはグレタが「はい」と答える。

　ルノエ国宰相フリント公爵。国王の次に権力を持つという。後から知ったことだが、ローズマリーが城の舞踏会に出席した夜、声をかけてきた金髪の令嬢はフリント公爵の娘、イザベルだったそうだ。ローズマリーはいまでも、あの令嬢――イザベル――の嘲笑が忘れられないでいた。

「ローズマリーは王都に来て初めての茶会だろう？　彼らは流行にうるさいからな……。王都の店へ立ち寄って実物を見ておいたほうがいい。商人を呼びつけるのでもいいが、店へ足を運んだほうが早いし、一日でたくさん見てまわれる」

「そうですわね。図集では色がわかりませんから」とグレタが言う。

「よし。では行こう、ローズマリー」

「えっ、あの……いまからですか？　ジェイラス様はよろしいのですか？」

「もちろん」

「まぁ。休日でもございませんのにいまからお出かけになるのですか？」

グレタが苦言を呈してもジェイラスは悪びれない。

「ええ、出かけます。だが先ほども言ったとおり遊びにいくわけではない。城下へ流行を探りにいくのです。これもレッスンのうちだ。ごく真面目な外出なのだと、理解してもらいたいですね」

尤もらしいことを言ってグレタに背を向け、ジェイラスはローズマリーにだけ見えるようにウィンクした。彼の珍しい表情を目にして、胸がトクンと音を立てる。

グレタは諦めたようすでため息をつき、「お気をつけて行ってらっしゃいませ」と言って送りだしてくれた。

従者はつけずにふたりきりで裏門を潜る。腕の立つジェイラスには護衛など無用の長物だと、以前グレタが言っていた。

「ガードナー侯爵夫人はなにかと小言が多いからな。ずっと顔を突き合わせているのも疲れるだろう。それに俺も国王に即位すればそう易々《やすやす》とは城の外へ出られなくなる。ローズマリーには付き合わせてしまって悪いが……」

「いいえ、そのようなこと。城下には興味がございますので」

「そうか、よかった。では思いきり楽しもう」

いたずらっぽく笑うジェイラスを見て、ローズマリーも笑みを零《こぼ》す。城下は、マノーク村へ出かけたときに素通りしただけだったので気になってはいた。

細い道を抜けて大通りに出る。道の両側に多くの店が軒を連ねていた。メルヴィル伯爵領では見られない景色だ。看板やショーウィンドウは、眺めているだけでも楽しい。

「まずはこの店に入ろうか」

ジェイラスに連れられて宝石店へ入る。

「これはこれは殿下。このような場所にまでご足労いただきありがとうございます」

店主とは顔見知りのようだった。「店に来るのは初めてだが、城では店主と会ったことがあった」と、ジェイラスが小声で教えてくれる。

「今日は俺のフィアンセにとびきりのものを贈りたい」

彼の唐突な発言に、ローズマリーは「ええっ⁉」と叫ぶのをなんとか我慢してジェイラスを見た。ジェイラスは冗談を言ったようには見えないし、店主もまた「さようでございますか！」と声を弾ませて店の中を案内しはじめた。

「あの、ジェイラス様？」

「うん？　店を見てまわるにしても、冷やかしだけで帰るわけにはいかないだろう」

「でしたら、どうかジェイラス様のお品物を」

「俺は別段、必要としていない。それよりもきみのほうが、これからなにかと入り用だ」

「ですが……」

もう充分すぎるほど与えられているのに申し訳ないという気持ちが先に立つ。

「ではこうしよう。贈り物にきみの意見は取り入れない。俺の独断だ。そうすれば、俺のものを買うのと同じだ」

「そ、そうでしょうか？」

「そうだ。さ、どれにしようか」

ジェイラスは店主が勧める順に、ローズマリーの首にネックレスやチョーカーをあてがう。彼は独断だと言っていたが、顔色を見られているような気がする。

彼がいま持っているのは深緑色のベルベットのチョーカーだった。輪の中央には雫《しずく》の形をしたエメラルド。そのまわりにはダイヤモンドが隙間なく配されていた。

――このエメラルド、ジェイラス様の瞳の色とそっくり。

ついじいっと見つめてしまう。

「これにしよう」と、ジェイラスが即決した。ローズマリーは目を丸くして顔を上げる。

――ああ……結局、私が欲しいと思ったものに決めてくださった。

ジェイラスは独断などするつもりは毛頭ないのだ。なんて優しいのだろう。購入したばかりのチョーカーをジェイラスが首につけてくれる。

金属製のネックレスではなくベルベットのチョーカーなのでそれほど重さはない。舞踏会につけていくには地味だと言われてしまいそうだが、ふだんから身につけるのならばぴったりだ。

「ありがとうございます、ジェイラス様」

ローズマリーが礼を述べると、ジェイラスは朗らかに笑って店を出た。このところの彼はそうしてよく笑う。

次に立ち寄ったのは陶磁器の店だ。正面の大きな壺《つぼ》には花綱や蔦《つた》が描かれている。そのほかにも、白地に金色でアカンサスの模様が刻まれたティーポットやカップが並んでいた。

「どれでも好きなものを、ローズマリー」

「い、いいえ！　とんでもございません。どうぞジェイラス様が、欲しいと思われたものをお求めください」

この店では、気に入ったものがあっても見つめないようにしよう。物欲しそうな目をしてはいけない。

ローズマリーは必死に、どれにも関心がないように装った。品物は見ずに、ジェイラスのほうばかり向いているようにする。

「ローズマリー、勉強に来たのだからきちんと見なければ」

ジェイラスはこれみよがしにローズマリーの眼前にティーカップを差しだしてくる。そのすべてに「素敵ですね」と言葉を返していった。平等な反応をしていれば、先ほどのようにはならないはずだ。

「……よし。これを一揃《ひとそろ》え貰おう」

ジェイラスが店主に言った。ローズマリーは驚きのあまり声を出せない。

――そんな、どうして⁉

「私の欲しいものが、どうしておわかりになるのですか？」

「なんだ、きみも気に入ったものだったのか。奇遇だな。俺たちは相性がいい」

そう言って微笑しているが、きっと『奇遇』ではない。現に、ジェイラスはどこか得意げな顔をしている。

――ジェイラス様は意図的に私の欲しいものを買ってくださっている。

もしかしたら、目の動きやちょっとした仕草でわかるのかもしれない。彼はきっと素晴らしい観察眼の持ち主なのだ。あらゆる経験の賜物《たまもの》だろう。

「このティーセットは城へ送ってもらおう。では行こうか」

王城に帰るなりローズマリーはジェイラスにあらためて礼を述べる。

「今日は本当にありがとうございました」

「俺のほうこそ。楽しかった」

ジェイラスは上着の内側から小箱を取りだして渡してくる。

「あの、これは……」

「名残り惜しいがこれから議会だ。きみも、ガードナー侯爵夫人のレッスンがあるよな。

また明日の朝食で、ローズマリー」

足早に立ち去るジェイラスを、ローズマリーは小箱を持ったまま見送ることしかできない。

――なにかしら？

小箱には、先ほど行った陶磁器店の紋章が彫り込まれていた。開いてみると、クマの砂時計が顔を出す。

――いつの間に購入なさったの⁉

支払いのときだろうか。あまり店の物を見ないようにしていたので、まったく気がつかなかった。

ローズマリーは手のひらほどの砂時計を胸に抱いて目を閉じる。そして、この砂時計を肌身離さず持って大切にしようと心に決めた。


フリント公爵家の茶会にはグレタとともに参加する。馬車の向かいに座っているグレタの表情は険しい。

「辺境伯令嬢であるあなたに嫌味を言う貴族も多くいることでしょう。かつての私がそうだったように。けれどそんなものは上手《うま》く躱せばよいだけ。そうして波風を立てないということも、王妃には必要なことよ。この茶会では、あなたに対応を求めるときは目配せをするわ。そしてその対応が不適切なときは、こう……手の組み方を変える。私が手を組み替えたときは、急ぎ別の対応をするように」

「はい、わかりました」

フリント公爵邸にはすぐに着いた。城とは目と鼻の先だ。馬車を降りるなりサロンへと案内される。天気がよければ庭で催されるはずだったが、今日はあいにくの曇天だ。

サロンにはフリント公爵に連なる貴族がすでにたくさんいた。

「ごきげんよう。こちらがローズマリー嬢ですな」

この中年の貴族はフリント公爵家の親類筋の侯爵だ。彼は必ず出席するだろうから、とグレタにあらかじめ絵姿を見せられていた。

ローズマリーは侯爵の名を呼んで挨拶する。グレタは、自分が紹介せずともローズマリーが侯爵の名前を呼んだので満足げだった。いっぽう侯爵は「知られていて当然」というような顔をしている。

「メルヴィル伯爵領へは馬車で二日はかかるでしょう。そのような辺境から……ご苦労なことですなぁ」

グレタが目配せしてくる。

「王都からメルヴィル領までは魅力的な休憩場所がたくさんあるのですよ」

ローズマリーは満面の笑みで答えた。グレタは手の組み方を変えずに微笑する。うまくやり過ごせたようだ。

「ようこそ、ローズマリー嬢」

後ろから声をかけられた。振り返らずともローズマリーはその声の主を覚えていた。忘れられるものではない。フリント公爵令嬢イザベルだ。

「ごきげんよう、イザベル様。今日はお招きいただきありがとうございます。素敵なサロンでございますね」

正確には、彼女の父親であるフリント公爵に招待されたわけだが、公爵の姿が見えないのでイザベルに謝辞を述べるべきだろうと思った。

「まあ、ありがとう。そうだ、ローズマリー嬢。このたびはジェイラス殿下とのご婚約、まことにおめでとうございます。先日の舞踏会では失礼なことを言ってごめんなさいね。すごく反省しているの。これからは仲良くしてくださるかしら？」

「はい、光栄です」とローズマリーがお辞儀をすると、イザベルは満足げに口の端を上げた。

「こちら、わたくしの従弟《いとこ》のアシュリーですわ」

「どうぞよろしく」と少年がほほえむ。イザベルとよく似ている。

ローズマリー、グレタ、イザベル、アシュリーでひとつのテーブルを囲む。

「そうそう、ローズマリー嬢。ご存知かしら？」

イザベルは王都で流行している宝石や陶磁器の話を振ってくる。ローズマリーはなんとかして話題についていく。会話が成り立つのは、グレタやジェイラスが手ほどきをしてくれたからに違いない。

「ねえ、ひとつ提案があるのですけれど。ぜひわたくしもローズマリー嬢の教育係のひとりに加えていただきたいわ」

——えっ？

ローズマリーは動揺を顔に出さないようにするので精いっぱいだ。

「それはいいですね、イザベル姉様。どうですか、ガードナー侯爵夫人」

アシュリーとイザベルがグレタを見る。

「ええ、ぜひ」と、グレタがほほえむ。

「よかったわ。お父様からジェイラス殿下にお話ししていただきます」

ここで、グレタに目配せをされた。

「嬉しいです。皆さん私のために、ありがとうございます」

——これで正解……よね？

グレタを盗み見る。手の組み方に変化はない。まずい対応ではなかったようだ。

茶会が終わり、帰りの馬車に乗るなりグレタが大きなため息をついた。

「面倒なことになったわね。フリント公爵がローズマリーを茶会に呼んだのは、娘のイザベルをあなたの教育係にすることが目的だったのだわ」

「あの、私の発言は適切だったのでしょうか？　嬉しいです、と言ってしまって……」

「それはもちろん問題ないわ。あの場では最高の対応よ。まあ、そんなふうに誘導されてしまったのだけれどね。とにかくイザベル嬢がああ言っている以上、断れないわ。断ろうものなら『あなたの教育係は私ひとりで足りる』と主張しているものと取られかねない」

それではグレタの立場が悪くなる。

「フリント公爵は現時点では陛下の次に権力を持つ宰相という立場にある。敵にまわすべきではないわ。まあイザベル嬢も、興味本位で教育係を買って出ただけに違いないし。もしかしたら多少は意地の悪いことを言われるかもしれないけれど、気にしないことよ」

「はい、グレタ様。今日もご指導いただきありがとうございました」

ローズマリーが言うと、グレタは「ええ」とだけ返して窓の外へと視線を移し、遠ざかっていくフリント公爵邸を眺めていた。

その日の夕方、ローズマリーはジェイラスの執務室へと呼びだされた。

「急に呼びだしてすまない。じつはフリント公爵から、彼の娘をきみの教育係に加えてほしいと申し出を受けた」

「は、はい。お昼にフリント公爵邸での茶会に出席しましたときに、そのような話になりました」

「そうか……。だがフリント公爵の娘といえば、この城の舞踏会できみに嫌な思いをさせたあのレディだろう?」

ローズマリーは頷きながらも、茶会で「嬉しい」と言ってしまったことを話した。

「それに、イザベル様が買って出てくださった教育係を断るのは、グレタ様にとっても都合が悪いようなのです」

「んん……」

ジェイラスは顎に手を当てて悩ましげな顔をする。

「ですから私は、イザベル様にも教えを請えればと思っております」

王妃になるためにはイザベルとも仲良くしていかなければならないとローズマリーは思った。

「……わかった。だが無理はしなくていい。なにかあればすぐに言ってくれ」

「はい。ありがとうございます」

そのとき、窓の外で雷鳴が轟《とどろ》いた。間もなくして雨が地を濡らした。

ローズマリーは城のサロンでイザベルの来訪を待った。

予定の時刻よりも十分ほど遅れてやってきたイザベルと、机を挟んで向かい合う。

「私のことはどうぞローズマリーとお呼びください」

グレタに、王妃になるまでは格上の――伯爵よりも高位の貴族やその令嬢――相手には名を呼び捨ててもらうようこちらから申し出なければならないと教わっている。

「ありがとう、ローズマリー」

いっぽうイザベルは「私のことも呼び捨てて」とは言わなかったので、敬称をつけねばならない。イザベルは教育係なので、もとよりそのつもりだ。

「わたくし、歴史を得意としていますのよ。フリント公爵家のことだけでなく王都に居を構えている貴族のことは新旧のあらゆる出来事についてすべて知っているわ」

「まあ、そうなのですか。ぜひ教えていただきたいです」

ローズマリーが言うと、イザベルは顎を上げて話しだす。ローズマリーはイザベルの言葉をノートに書き留めながら熱心に聞いた。イザベルの話はやがて代々の王妃へと移ろう。

「王妃には代々公爵家の令嬢が選ばれていた。伯爵令嬢が王妃になったという例はルノエ国の歴史においてただの一回もないのよ」

イザベルの言葉どおりに羽根ペンで文字を綴《つづ》ったものの、それ以上は手が動かなくなる。

「諸外国から見ても、王妃が伯爵家の出となると……王家の格が下がったと見なされかねないわね。まして王都に居を持たない、とてつもない辺境地なのだもの」

なにやら雲行きが怪しい。イザベルは悲壮な面持ちでひとり首を横に振っている。

「ああ、わたくし……たいへんなことに気がついてしまったわ。栄誉勲章を賜る程度ではどうにもならないわ。あなたではやはり王妃にふさわしくない。いますぐに身を引いたほうがよろしくてよ」

イザベルになにを言われたのか、わかっているのに呑み込めない。

――身を引く？

それは、ジェイラスの妻にはなれないということ。

『王妃になれない』のではなく、『妻になれない』と真っ先に思ってしまったのはたしかに、王妃にはふさわしくないのかもしれない。

――でも私にとっては、王妃になることよりもジェイラス様のそばにずっといることのほうが重要だもの。

ただ、彼が次期国王になるのは決まってしまった事なわけで、ジェイラスのそばにいるためには王妃の座を手に入れるしかないのだ。

――どう答えればいいの？

ここで安易に肯定はできない。グレタが言っていた「多少意地の悪いこと」とはきっとこのことだ。うまく切り返さなければならない。

ローズマリーは必死に息を整える。

「私はたしかに伯爵家の娘ですが、このような私にもイザベル様という素晴らしい方が教育係としてついてくださっています。ですから、伯爵家の娘が王妃になるという新しい歴史を拓《ひら》くことができるのではないかと思います。どうかこれからもご指導よろしくお願いいたします、イザベル様」

精いっぱいの笑顔で言うと、イザベルは一瞬、眉を顰めた。

「ええ、そうね」

そっけなくそう言ってイザベルはサロンを出ていく。扉が閉まり、ひとりきりになるなりローズマリーは机に突っ伏した。正直なところ、もうイザベルとは顔を合わせたくない。ひどく疲れる。

――でも、イザベル様に教えを請うと決めたのは私なんだし……。

ジェイラスは「なにかあれば言ってくれ」と優しい言葉をくれたが、いまさら「彼女を教育係から外してほしい」と訴えるのはあまりに身勝手だ。それに王妃教育はずっと続くわけではない。

――私がもっと成長すればよいのだから。

王妃として適格だと周囲に認めてもらえば、教育係もお役御免となる。それまで耐え抜こうとローズマリーは決意し、自主学習に励んだ。

明くる日。図書室へ向かっていると、廊下でイザベルに遭遇した。

「ごきげんよう、ローズマリー。荷物は片付いていらっしゃるかしら？」

「えっ？」

挨拶をするのも忘れて頓狂な声を上げる。するとイザベルは口元に手を当てて目を見開いた。

「いけない、わたくしったら……。まだ秘密でしたのに」

「教えていただけませんか？　差し支えがなければ、ですけれど……」

イザベルの口ぶりはどうも、本当に秘密にしたがっているようには思えない。

──むしろ、話したくて仕方がないという感じだわ。

ローズマリーはじっと、イザベルの出方を待つ。

「……ここで立ち話も無粋ですから、サロンへ行きませんこと？」

「はい」

サロンに着くとすぐに侍女が紅茶を淹れてくれた。イザベルは侍女たちを下がらせて人払いをする。

「わたくし、あなたに謝らなければなりませんわ。わたくしの力ではどうにもならなかったの」

いったいなにが、と詰問したいのを必死に堪えて、柔らかい口調で「どうなさったのですか？」と尋ねる。

「あなたは間もなくしてジェイラス殿下のフィアンセではなくなりますわ。やはり辺境伯の令嬢では王妃に不適格だという声がたくさん上がっているそうよ」

「……！」

　自分よりも身分の高い相手に口答えしてはいけない。否定するような言葉は口にせず、穏便に。グレタの言葉は常に頭に刻んでいたが、いま反論せずしてどうする、とだれかが叫んだ。

「ですが私はジェイラス殿下からそのようなことは聞き及んでおりません」

　ローズマリーがきっぱりと言うと、イザベルは眉を吊《つ》り上げた。口答えされるとは思っていなかったようだ。

　――そんなの信じられないわ！

　ローズマリーは紅茶を飲み、自分自身を落ち着かせようとする。イザベルもまた紅茶を飲むと、ティーカップをソーサーに戻しながら「やれやれ」という具合に、いやにたっぷりと息をついた。

「王城では周囲から力が働いていくもの。あなたもジェイラス殿下もまだご存知ないかと思いますけれど、そうなのよ。あなたがたの婚約は解消されるでしょう。これは決定事項よ」

　返す言葉が見つからない。本当にそうなのだろうか。これも、イザベルの意地悪なので

は……。

——真に受けることはないわ、きっと。

そう思うものの、なにも言えなくなる。ほほえんでいるのが辛くなる。

「ガードナー侯爵夫人もまだご存知ないわ。いずれわかることですけれどね。ガードナー侯爵夫人もわたくしと同じで気落ちされることでしょうね……。一所懸命あなたに教育して差し上げていたのに、すべて水の泡になるなんて」

止《とど》めのような鋭利な言葉が胸に突き刺さる。

「せめてそのときが来るまではこれまでどおりに振る舞われたほうがよろしくてよ。あなたが落ち込んでいるとなれば、さぞ心配なさるでしょうからね。まわりに心労をかけるべきではないわ。それではごきげんよう、ローズマリー」

震え声で「ごきげんよう」と返す。体が椅子に張りついて、動かない。指先すら動かすことができなかった。

——そんなことって……。

あるのだろうか。いや、ないと断言はできない。事実、王都に家を持つ貴族たちは辺境伯に対して風当たりが強い。フリント公爵の茶会でだって「辺境伯令嬢のくせに」というような言葉は多数投げかけられた。

グレタが「フリント公爵は陛下の次に権力を持っている、敵にまわしてはいけない」と言っていたのを思いだす。権力者のフリント公爵なら、ジェイラスの知らないところで婚約を解消させることもできるのではと不安になった。

――だって、イザベル様は自信満々だったわ。とても嘘をついているようには見えなかった。

イザベルの「婚約解消」という言葉が頭の中をぐるぐるとまわる。それは夜になっても変わらなかった。

今日の晩餐は珍しくジェイラスとともに摂ることができる。そのことが嬉しいはずなのに、思考はすぐに別のほうへと傾き、上の空になってしまう。

「……ローズマリー？」

「は、はいっ」

「なにかあったのか？」

「いっ、いいえ」

――いけない。ふだんどおりにしていなければ。

イザベルにも「まわりに心配をかけてはいけない」と言われた。だがそのイザベルの言葉がまず信じられない。信じられない人の言いつけを律儀に守る必要があるのか、と自問する。

食堂での晩餐を終えると、ジェイラスは「少し話したい」と言ってローズマリーをサロンに誘った。ふたりはサロンの中央に置かれた幅の広いソファに並んで座る。

——ジェイラス様に相談するべきよね。

そうすべきだとわかってはいる。きっと彼は否定してくれる。

——でもそれで要らぬ波風が立ったら？　もしも、イザベル様の言葉が真実になったら？

頭の中はもうずっと堂々巡りだ。

——私は……ジェイラス様の婚約者でいられるの？

俯くと、目に入るのはチョーカーの中央で揺れるエメラルド。ローズマリーはそれをひたすら見つめていた。

「……と思うんだが、ローズマリーはなにがしたい？」

「そうですね……婚約者らしいこと、です」

しばしの沈黙に包まれる。ローズマリーはハッとして顔を上げる。

——いけない、ぼうっとしていた！

ジェイラスは次の休みになにをしようかと話していたはずだ。それなのに、思っていたことをそのまま口に出してしまった。

ジェイラスを見れば、口を半開きにしてぽかんとしていた。みるみるうちに彼の頬が朱を帯びていく。

――ど、どうして？

彼が顔を赤らめている理由がわからないのに、こちらまで頬が熱くなってくる。

「それは……その、結婚を誓っているからこそできること、という解釈であっているか？」

気が動転していたローズマリーは「はい」とふたつ返事をする。

彼の喉元がごくりと動いた。両手が伸びてきて、抱きすくめられる。

「本当は、もうずっと……きみが欲しかった」

コツンと額がぶつかる。目の前が美しい翡翠色でいっぱいになる。

「神にはまだ許《ゆる》されていないが、きみが頷くのならいますぐにすべてを奪ってしまいたい」

ごく間近で、魅惑的な瞳にじいっと見つめられれば、ついこくりと頷いてしまう。

そういうつもりで「婚約者らしいことを」と言ったわけではないのだが、否定できない。うっとりするような笑みを向けられ、とても落胆などさせられない。いや、させたくないと強く思った。

ジェイラスは穏やかに笑んだままローズマリーを続き間の客室へと連れていく。廊下にいた侍女たちが部屋に入ってきて明かりを灯《とも》す。そのあいだにジェイラスは侍従たちに指示を出す。「この部屋に近づかないように」と言っているようだった。

ローズマリーは胸に手を当ててその場に棒立ちになる。先ほどはつい勢いで頷いてしまったが、本当にいいのだろうか。

「すべてを奪う」とは、一線を越えるということ。思えばまだ湯浴みも済ませていない。客室のベッドが目に入る。城の客室はどこも、いつでも使えるように整えられている。

急にドッドッドッと胸が大きく鳴りはじめる。

そうしてとうとう部屋にふたりきりになってしまった。

「わ、私っ……やっぱりその、準備が」

「準備？」

「はい。その……湯浴みとか、ええと、いろいろと……」

するとジェイラスはローズマリーをベッド端に座らせた。

「きみはいつだって愛らしいから、心だけ準備できていれば充分だと思う」

靴を脱がされ、押し倒される。顔の横にジェイラスの両手が下りてくる。

「……もう刹那すら待てない」

唸《うな》り声《ごえ》のあと、ジェイラスは上着を脱いでドレスシャツの襟元を緩めた。切なげな顔が近づいてきて、貪るようなキスに見舞われる。息をするのもやっとだった。編み込んでいた髪をするすると解かれる。

唇が離れると、ジェイラスはなにかに気がついたように「あ」と短く言葉を発した。

「俺のほうこそ、なにか準備したほうがいいか？」

彼もまだ湯浴みはしていないはずだ。男性側の『準備』というのは具体的になにをするのかよくわからないが、ローズマリーは頬を赤くしながらもぶんぶんと首を横に振る。

「ジェイラス様は……いつだって、麗しくていらっしゃるので」

正直なところ、彼が汗ばんでいても少しも気にならない。むしろ男性的な色香に溢れており、よい香りのように思えて、頭の中がくらくらしてくる。

そんなふうに思ってしまう自分はどうかしているのかもしれない。いまだって、寛げられた襟元から覗《のぞ》く厚い胸板を見てドキドキしている。

うろたえるローズマリーをよそにジェイラスは照れたような笑みを浮かべて婚約者の頬を撫でまわす。

ゆっくりと唇が重なり、しだいに深くなる。舌が入り込んできた。それと同時に彼の両手が動いて背の編み上げ紐《ひも》を解いていく。

「女性のドレスは紐がいくつもあるんだな」

さも煩雑だと言わんばかりにぼやき、丁寧に緩めていく。それがくすぐったくてたまらない。ジェイラスは腕をまわして手探りで紐解《ひもと》いているので、彼の手が背中を掠めるのがいたたまれないのだ。

紐を解きやすいように彼に背を向けるべきだろうか。だがそれではいかにも「脱がせて」と訴えているようで恥ずかしい。そうこうしているうちにドレスもコルセットもすっかり拘束力をなくす。

紐をすべて解きおわって満足しているのか、ジェイラスは微笑してローズマリーの肩に顔を埋めて深呼吸する。

「……っ」

肌に鼻を当てた状態で大きく息を吸い込むのはやめてほしい。恥ずかしさで顔が火照る。

ジェイラスは恍惚とした表情でローズマリーの肩を撫で、シュミーズの肩紐《かたひも》ごとドレスの襟を腕のほうへと落とす。

「あ……」

とたんに緊張感が増し、体が強張る。それを解《ほぐ》すようにジェイラスはローズマリーの頬や首筋にくちづけていく。とてつもなく緩慢に、身につけているものが下へとずれて素肌が露わになる。

緊張と羞恥心で頭の中が沸騰しそうだった。せめて見ないでいてくれたらと希《こいねが》い彼の顔を窺えば、エメラルドの瞳は剝《む》きだしの胸元をしっかりと捉えていた。

「……やっ」

とっさに両手で胸を隠す。するとジェイラスは不満げに「んん」と唸り、腰でもたついていたドレスやコルセットをドロワーズと一緒くたにして足先から抜けさせた。

そうなると、隠す箇所が胸だけではなくなる。首のチョーカーを除いて、身につけているものはひとつもなかった。

明るみに出てしまった秘めやかな部分をなんとかして隠そうと身を捩《よじ》るが、二本の腕ではすべてを覆いきれない。もじもじと両脚を擦り合わせるばかりになる。そんなローズマリーの全身をジェイラスは感嘆したようすで見まわす。

「きれいだ」

独り言のような、ぽつりとした呟きに感情を揺さぶられる。一言でも、褒められたことが嬉しくて身も心も歓《よろこ》びに打ち震える。

「もっと……よく見たい」

この部屋のランプはすべてに明かりが灯されている。ゆえに、自分のこの腕を退ければ開け広げになる。彼の要望に応えたい気持ちと、恥ずかしくてそんなことはできないという気持ちの狭間《はざま》で揺れ動く。

「ローズマリー」

低く、熱っぽい声で呼びかけられ、腕に力が入らなくなる。

両手首をそっと摑まれる。彼の手にはさほど力は入っていない。それなのに、自然と両手が左右に動いて、胸を隠せなくなる。

「……尖ってる、な？」

彼がどこのことを言っているのか、その視線を追えば一目瞭然だった。慌てて両手を胸の前へと戻そうとするが、そうはできない。

「隠してはだめだ」

宥めるように言って、ジェイラスは薄桃色の屹立《きつりつ》を興味深そうにまじまじと眺める。

「こんなにいじらしく勃《た》ち上がっているんだ……。もっとよく観察しなければ」

だれに強いられているわけでもないのに、使命感に駆られたような口ぶりだ。

「うぅ……」

ローズマリーは呻いて体をくねらせる。そこで、ふと気がつく。服はすべて脱がされてしまったが、チョーカーだけは外される気配がない。

——でもふつう、チョーカーは外すものよね?

そう思い至って自らチョーカーを外そうとしていると、首の後ろでやんわりと手を重ねられた。

「そのままで」

きっぱりと言われてしまう。これは、裸でいるよりも恥ずかしいような気がする。ローズマリーは眉根を寄せて目を伏せる。

「きみを困らせたいなんて少しも思ってないし、できるだけそうはさせたくないんだが……。困っているきみもかわいくて、たまらなくなる。いったいどうすればいいんだ」

両頬を手のひらで包まれ、むにむにと押しまわされる。

「あの、私……困ってはいるのですが、それは恥ずかしいからで……。ですからその、えと……あまりお気になさらず、どうかジェイラス様のお好きなように」

そう言ってしまったあとで、とてつもなく大胆な発言をしてしまったのではと後悔する。

「俺の、好きなように？」

彼の口角が緩やかに上がっていく。

「好きなように、していいんだな」

念を押して、ジェイラスはローズマリーの膨らみの稜線《りょうせん》を指で辿りはじめる。

「まずはこのかわいらしい蕾《つぼみ》を弄《いじ》り倒すことにする」

「ひぁっ……！」

剝きだしだった胸飾りをつまみ上げられる。

「じかに触れるのでは、やはり感覚が違う……か？」

以前、触れられたときはネグリジェ越しだった。ローズマリーは頬を染めてこくこくと頷く。

「俺も……違う。服の上からするのと、こうしてじかに触れるのでは、まったく」

薄桃色の根元を指でくすぐられる。

「あぅ、んっ……んっ」

「痛かったり、不快だったりしたら遠慮せず言ってくれ」

その言葉には満足に答えられない。彼の指がわずかでも動くたびに快感の波が押し寄せてくる。

「ずっと、きみのすべてに触れたいと思っていて……いまこうして実際に触れているのに、それでも欲が募る。もっと、もっと深いところまで知りたいと渇望してしまう。自分がこんなに貪欲だとは知らなかった」

苦笑しているジェイラスを見つめる。

――それなら、私だって……。

彼のことをだれよりも深く知りたい。知らないところなんてないくらいに。

ローズマリーの想いに呼応するように指の動きが激しくなっていく。胸の蕾はふたつとも彼の指に押しつぶされ、嬲られることでとどまるところを知らず快感を増大させる。

あっという間にローズマリーは快楽の頂点へと昇りつめた。

「は、ぅっ……ぅぅ」

下腹部を中心にドクン、ドクンと脈動する。前にもこれを経験したが、あのときとはわけが違う。いまはなにもかもが無防備だ。脚の付け根だって、彼がそこを覗《のぞ》き込もうものならすぐ暴かれてしまう。

そんなことはしないでほしいと思っていたのに、ジェイラスはローズマリーの下半身へと目を遣《や》る。

「だめ、見ちゃ……だめ、です」

とっさに言ったものの、それで制止になるはずもなくジェイラスは「俺の好きなようにしていいはずだ」と言って眉根を寄せる。ところが視線をそこへ向ける途中で、気がついたように顔を上げた。

「いや、きみが本当に……心から嫌だと思うのなら、見ないでおくが」

ローズマリーは口元に手を当てて考え込む。その箇所を見られることに抵抗はあるものの、それはきっと羞恥心が前面に出てきた結果だ。

太ももをなぞられると、期待するようにぞくりと疼《うず》く。それは、触れられたい、見られたいと思っている証拠なのではないか。だがしかし……と、葛藤する。

「わ、私……わかりません」

考え込んだ結果を正直に吐露した。

「では、そうだな……少しずつ……探る」

絞りだすような声だった。ローズマリーは小さく頷く。

大きな手のひらが脚をゆっくりと這《は》い上がり、雄々しく骨ばった長い指が秘め園へと近づいていった。

「ん……？」

ジェイラスが唸る。ローズマリーの両脚がびくりと小さく弾む。

「濡れてる、みたいだ」

ごく真面目な顔で指摘され、とたんに頬に熱が立ち上る。そこが濡れているのがどういうことなのか、閨《ねや》の指導も受けたので知っている。

女性講師は「喜ばしく、そして好ましい反応だ」と言っていたが、実際に自分の体がそうなっているのだとわかると恥ずかしい。

「ふっ……ぅ、んんっ……」

彼の指先が濡れ莢《さや》を辿りはじめる。秘裂に、触れるか触れないかの力加減だ。

「きみがだめだと言うから見ないようにしているが……そのぶん、本当に手探りになってしまっている」

秘めやかな箇所の形を指で確かめられているようで、いたたまれなくなる。

「だがこれはこれで、きみの表情をじっくりと眺められるから……いい」

透き通った緑眼と視線が絡む。ローズマリーはとっさに両手で自身を隠す。

「顔も見せてくれないのか？」

ジェイラスは不満そうだ。顔を隠していた指にくちづけを落とされる。

「あ、ぁっ……」

手の甲にまで彼の柔らかな唇を押し当てられた。指のあいだから伸びてきた舌が唇を辿る。手で顔を隠していることができなくなって退《ど》ければ、唇と唇が重なった。くちづけに味などあるはずないのに、回を増すごとに甘くなっている。

舌が潜り込んできた。いっぽう蜜濡れの莢にあてがわれた指はなおもひっきりなしに動いている。肉厚な舌であますところなく口腔《こうこう》を探られ、指でもまた秘裂の端から端までなぞられる。

寒くはなく、むしろ暑いくらいなのに体が小刻みに震えてしまう。快感がそうさせているのだと、気がついたときには彼の指が秘裂を割り、中の珠玉をくすぐっていた。

「やっ、そこ……ふ、あ、あうっ」

ジェイラスはローズマリーの無垢《むく》な粒を親指と人差し指で優しくつまみ上げて捏《こ》ねまわす。

「ひぁあっ！」

とたんに、えもいわれぬ快感が全身を突き抜けた。胸の先端を弄ばれたときだって気持ちがよかったが、いまはそれとは比べものにならない。敏感な粒を、指の腹で擦り潰すように刺激されれば自然と高い声が零れでる。

「だめだ、やはり……」

苦悶した顔で彼は言葉を継ぐ。

「見たい。きみのここが、どうなっているのか」

ローズマリーは瞳を潤ませて緩く頭《かぶり》を振る。

「おねがいだ、ローズマリー」

甘えるように頬をすり寄せられ、珠玉をきゅっと引っ張り上げられる。

「う、んん……！」

思いがけず口から出た呻《うめ》き声を肯定と捉えて、ジェイラスは表情を明るくする。いそいそと上半身を起こし、両手をローズマリーの脚の内側に差し入れて思いきり左右に開いた。

「ひゃっ‼」

あまりのことに、叫び声以外は出せなかった。そこここに配された壁掛けランプにすべての明かりが灯った真昼のようなこの部屋で、脚を大きく広げてその中心を愛しい人が食い入るように見つめている。

羞恥心を炎に喩《たと》えるなら、すべてを覆い尽くす勢いでいま燃え盛っている。

蜜に濡れたローズマリーの秘所を見つめたままジェイラスは薄く唇を開き、うっとりと息をつく。

「目にしたらもっと掻き乱《みだ》したくなった」

エメラルドの双眸が妖しく光る。ランプの光の加減でそう見えただけに違いないが、深遠な欲望を宿しているような気がしてならなかった。彼の熱意に絆《ほだ》されて、首を横に振るのを忘れてしまう。

長い指が花芽をこりこりと押して愛《め》でると、そのすぐ下にある蜜口へと伝いおりていった。そうして的確に隘路《あいろ》の入り口へと潜り込む。手探りだったときよりも指の動きが大胆になっている。目で見て行うことに対して、そうなるのは自然のようにも思える。

——でもやっぱり恥ずかしい！

「そ、そこばっかりそんなに……見ないで、ください。おねがい、ですから……！」

先ほどは彼の「おねがい」を聞いたような結果になった。だから、せめてじろじろと見ないでほしいと懇願しても許されるはずだとローズマリーは開き直る。するとジェイラスは困ったように首を傾げた。

「ん……そうだな。きみの顔もきちんと見ていたいし……。目があとふたつは欲しいところだ」

真顔で言われ、返す言葉に詰まる。顔のほうも見てほしいと言いたかったわけではないのだから、訂正しなければと思うのに、彼の言葉に喜んでいる自分がいる。恥ずかしさは依然としてあるが、喜びが溢れる。

「ふ……ぁ、あっ……！」

彼の指が隘路の中へと沈みはじめる。異物感を覚えた次の瞬間には馴染《なじ》んでいくのが不思議でならなかった。

「すごく潤ってる」

ジェイラスがぽつりと言った。指がすぐに馴染むのはきっとそのせいだと、他人事のように考える。そう思わなければとても、体の内側を指で弄られているという現実を受け入れられなかった。そしてなにより、彼の指が蠢くたびに気持ちがよくて、はしたない大声が出る。

「やぁっ……あぅ、ん、あぁっ……」

五指の中で最も長い彼の指の根元まで隘路に収めてしまった。彼の指を飲み込んでいる状態を目の当たりにして羞恥に苛《さいな》まれる。

ジェイラスはローズマリーの全身を見まわしながら、狭道に沈めた指を前後に動かす。不意に彼とフライフィッシングに行ったときのことを思いだす。よい成果を得るためにはまずは自然を観察することが大事だという言葉が脳裏をよぎる。

その真剣なまなざしで『観察』されているような心地になり、手や足など体の端々が小さく震えた。

ぐちゅ、ぐちゅうっと水音が響く。意思とは無関係に体が揺れてしまう。全身が総毛立つような高揚感に見舞われ、膨らみの先端がひとりでに尖る。

ジェイラスの手が、主張を強くしている薄桃色の屹立へと伸びていく。それを、期待するような目で見てしまう。

ローズマリーの視線に気がついたらしいジェイラスが微笑する。なにもかも見透かされているようだった。彼の人差し指が乳輪を象《かたど》るようにくるくるとまわる。

「ふっ、ふぅ……っ！」

胸飾りの根元をくすぐる指。蜜路を往復する指。どちらも緩慢なのに快感は膨れ上がるばかりだ。

「どんどん溢れてくる」

感心するような口ぶりだった。逃げだしたい気持ちになって、両手で目元を隠す。

「隠してはいけない」

ごく優しい声音で諭される。

「きみの瞳の動きも確認しておきたいんだ。嫌ではないか、不快ではないかを知るために必要だ」

ああ、どうしてこう真面目なのだろう。そんなふうに分析しないでほしい。

「嫌だなんて……不快だなんて、少しも思いませんから」

だからせめて手で目を覆うことを許してほしい。そうして隠していなければ、自分が自分でなくなってしまいそうだ。

「……本当に？　俺が、どんなことをしても……きみはそう思うのかな」

急に激しく指を出し入れされ、水音が際立つ。

「ひゃっ⁉　あ、あぁあっ……！」

「すべて見せてほしい、ローズマリー」

いささか命令的な口調だというのにやはり不快感はない。むしろ、そんなふうに言われると彼の指が沈み込んでいる箇所が疼く。

熱い視線が突き刺さる。その熱でなにもかも――羞恥心すらも――溶かされてしまいそうだった。

もう、目を隠していることなんてできない。目元を覆うのをやめる。それでも両手は手持ち無沙汰で、枕を掴む。

「ふあぁっ……あっ、んぁあっ」

親指で花芽を刺激され、胸飾りも同様に捏ねられる。瞬《まばた》きのひとつさえもきっと彼の観察対象になっている。それくらい熱心に見つめられていた。彼の指はどんどん加速する。

酒は飲んでいないのに、酩酊《めいてい》しているような、それでいてとてつもないまでの高揚感に包まれる。瓶に水が注がれて、溢れてくるようだった。

なにかが膨れ上がって、限界に達して解放されるような心地になる。そうしてローズマリーは恍惚境へと引き上げられる。

荒い息と、ひとりでに脈打つ下腹部。そして、脱力感。息が整わないうちに唇を塞がれる。

――私ばっかり、息が上がっているわ。

ジェイラスはきっと余裕のある表情をしているだろう。くちづけが終わって目を開ければ、そこにはひどく眉根を寄せたジェイラスの顔があった。余裕など微塵《みじん》も感じられない。

彼は唇を噛みしめてドレスシャツやトラウザーズを脱ぐ。ジェイラスの、無駄のない隆々とした体が露わになっていく。彼の表情はいまだかつてないほど険しい。

「あ、あの……お辛そうに見えるのですが……大丈夫ですか?」

心配になって尋ねると、ジェイラスはしばしきょとんとしたあとで、ほんのりと頬を赤くして困ったように破顔した。

「気遣ってくれてありがとう。その……平気だ。いや、まったくの平常心というわけではないが」

ジェイラスはほほえんだままローズマリーを見つめる。しだいに真剣さを帯びていく。

「むしろきみのほうが心配だ。痛い思いはさせたくない……と、思っている」

首をくすぐられ、チョーカーについているエメラルドを指で弄ばれる。

「だが……たぶん、そういうわけにはいかない」

破瓜《はか》には痛みが伴う。ジェイラスはそのことを言っている。

「私、は……大丈夫、です」

そう口にしたあとで、思いきった発言をしてしまったと自身を恥じる。イザベルに「間もなくジェイラス様の婚約者ではなくなる」と聞かされて不安になる気持ちが、そうさせたのかもしれない。

——私はなんて浅ましいの。

婚約者らしいことをしたいとぼやいてしまったのだって、既成事実を作りたいという意図があったからなのではと思えてくる。それなのにやはり、頭で考えているのと口から出る言葉は真逆だった。

「ですから、どうか……」

——違うわ。婚約が解消されるという話は本当なのかと、尋ねなければならないのに。

その話をすればジェイラスはこれ以上のことをしないかもしれない。その件を精査して、きちんと結論を出してくれる。

そうわかっているのに、心の中でどれだけ「打ち明けよう」と自身を奮い立たせても、肝心な言葉が出てこない。

「ん……」

翡翠の瞳を眩そうに細くし、熱っぽく官能的に息をつくジェイラスを前にして、ますます口を噤んでしまう。

理性は吹き飛んで、本能は彼を求めるばかりだ。体を重ねることで、彼との深い繋がりを持ちたいと思っているのだと、他人事のように自身を顧みた。

チョーカーの中央にぶら下がっていた宝石を弄っていたジェイラスの右手がするすると

下降して胸を摑む。ぐにゃぐにゃと揉みまわされ、指先で尖りをつつかれる。

左手では花芽や蜜壺の浅いところをくにくにと弄《もてあそ》ばれ、脳は思考を放棄する。快感で埋め尽くされ、いま目の前にいるジェイラスへの愛しさばかりが膨れ上がる。

ふと、脚になにか硬いものが当たっていることに気がつく。そこへ目を向ければ、張りつめた一物があった。ローズマリーがそれを見たことを悟ったらしいジェイラスが、短く息を吸う。

両脚を左右に開かされる。ジェイラスは己のそれを隠すように、ローズマリーの隘路へと突き入れた。

「……ん、んっ！」

ぐち、ぐちちっと妙な水音を立てて、雄杭が内側へと入っていく。

――あ、あら……？

閨指導の女性が言っていたような痛みはない。違和感はもちろんあるが、閨指導の女性は大げさに言っていただけなのでは……。

「ひっ……!!」

ところが彼の陽根を中ほどまで収めたとき、引き裂くような痛みに見舞われた。鋭い痛みは全身を駆け巡り、涙腺を刺激して涙を誘う。

泣いていてはジェイラスによけいな気を遣わせてしまう。引っ込めなくてはと思うのに、ドクドクという胸の高鳴りと同調したように痛みが尾を引いて、涙が止まらなくなる。

「……ローズマリー」

低く掠れた声。頬を伝った涙は舌で舐め取られ、目尻に溜《た》まっていた水粒はちゅうっと吸い取られた。

そうしているあいだにも彼の一物は奥へ、奥へと向かってじりじりと狭道を進む。最奥まで収まると、ジェイラスは静かに長く息を吐きだしながらローズマリーの頬を手で覆った。

ジェイラスは眉根を寄せて、申し訳なさそうな顔をしている。それを見たローズマリーの唇がぴくりと動く。

「私……嬉し……です、ジェイラス……様……」

先ほどは痛みに泣いてしまったが、いまは違う。痛みよりも喜びのほうが大きいのだと、伝えたかった。そうすれば、ジェイラスを笑顔にできると思った。

しかし彼の眉間にはいっそう皺が寄った。なにかを堪えているように見えた。

「そんなふうに言われたら……っ、たまらなくなる」

彼が腰を前後させはじめる。素早くしたいのを必死に我慢しているような、抑えた動きだ。

「まだ……痛むか?」

「んっ、い……いいえ」

「本当に？」

「はい」と、ローズマリーは頷きながら返事をした。彼が大きく息を吸い込む。

「……っ⁉　ひゃっ、あっ、あぁあっ……！」

激しい抽送で、ぐぷっ、ぬぷっと奇妙な水音が立つ。視界ががくがくと揺れて、首に下げていたエメラルドが大きく揺れる。

「ローズマリー、愛している」

額に玉のような汗を煌《きら》めかせて、喜びを噛みしめるようにジェイラスが言った。

「わ、私……もっ……う、あぁっ……ふっ、あぁうっ」

満足に言葉を発することができない。「私もジェイラス様を愛しています」と言うつもりだったのに、吐息とともに短く「んっ、あっ」と出るだけだ。

先ほどまでの痛みが嘘のようにいまは快感しかない。体の中を彼の力強い硬直で乱されるのは初めてのことだというのに、まるでずっと昔から知っていたかのように、ごく自然に悦《よろこ》んでいる。

「……くっ、う……っ」

そんな呻き声を発したあと、ジェイラスは急に雄根を外へと逃がした。腹部に生温かな白濁が散る。互いにぜいぜいと肩で息をしながらしばらく呆然と眺めていた。先に動いたのはジェイラスだ。

裸のまま棚まで歩き、タオルを持って戻ってくると、ローズマリーの腹部を拭こうとする。

「わ、私がしますから」

タオルを持つ彼の手に手を重ねると、ジェイラスはゆるゆると首を振りながら「いや、俺が」と言い白濁をすべて拭い去った。それから、ローズマリーの隣に寝転がり、下腹部を摩《さす》る。

「……辛くないか？」

「は、はい」

じいっと見つめられていたかと思えば、急に頭を掻き抱《だ》かれる。彼の厚い胸板に顔を押しつける格好になった。

「あの、ジェイラス様？」

呼びかけても、ジェイラスは「んん」と唸るばかりでなにも答えようとしない。

「どうなさったのですか？」

しつこく尋ねるとようやく彼は口を開いた。

「きみの顔を見ていたら……また、したくなって……。だが、これ以上は確実に無理をさせるだろうと思い至って、いま必死に自制しているところだ」

ジェイラスは自分の眉間の皺をトントンと叩いている。彼の心遣いが嬉しくて、厚い胸板に頬擦《ほおず》りをする。ジェイラスは「んっ」と短く叫ぶ。

「それ、は……少し、くすぐったい」

上ずった声で言い、手の甲を額に押し当てて困り果てている。そのようすをかわいいと思ってしまう。

ローズマリーは小さく「ごめんなさい」と謝り、彼の肌にぴたりと頬をくっつけて、温もりを感じながら目を閉じた。

第四章　マリーガーデンと嫉妬

翌朝、目が覚めるとどういうわけか私室のベッドで寝ていた。

「お目覚めになりましたか？」

顔なじみの侍女はいつになくにこにことしている。

「え、ええ……おはよう」

——もしかして……昨夜の出来事は夢？　ううん、強い願望が生みだした妄想かも。

そんなことを考えながら体を起こすと、下腹部に鈍い痛みが走った。

「……っ！」

すぐには起き上がることができず、シーツの上に片肘をついたまま固まる。

「まあまあっ、どうぞご無理なさいませんよう。お食事はこちらに運んでまいりますね」

そうして出ていく侍女を見送ってローズマリーは顔を真っ赤にする。

——やっぱり昨夜のことは夢じゃなかったのだわ！

それに、どうやら侍女は『昨夜なにがあったのか』を知っている。

ローズマリーはかあっと頬を熱くする。だがいつまでもベッドにいるのでは昨夜の情事を物語るようでいたたまれない。足を動かすと下腹部が少し痛むが、いずれ気にならなくなるだろうと考えてベッドから出る。

「お支えいたしましょうか、ローズマリー様」

すかさず侍女がやってきてくれる。ローズマリーの頬はますます紅潮する。

「あ、ありがとう。でも大丈夫だから」

苦笑して言うと「ではお召し替えのお手伝いを」と、朝だというのにふだんの倍以上の侍女に囲まれた。茶会や舞踏会に出席する際は準備のためたくさんの侍女に世話してもらうことはあるが、今日はグレタのレッスンだけで、別段なにもないはずだ。

「朝方、殿下がローズマリー様をこのお部屋に連れてきてくださいました。それはもう愛おしそうに抱きかかえていらっしゃいましたよ」

侍女のひとりがうっとりとしたようすで頬に手を当てている。

——私ったら、どうして目が覚めなかったのかしら⁉

抱えて運ばれたのなら目が覚めてもよさそうなものなのに、情けない。

「ローズマリー様はひどくお疲れでしょうから、いつも以上に丁重にお世話をするようにとおっしゃって、殿下はご公務へ……」

それで、朝から何人も侍女が部屋にいるのか。ジェイラスの気持ちはとても嬉しいのだが、侍女たちが皆一様に、意味ありげに顔をほころばせているのでよけいに恥ずかしくなる。

「そ、そうだったのね……。みんなありがとう」

侍女たちは口々に「とんでもございません」だとか「朝から殿下をお見かけすることができて眼福でした」と言っている。ジェイラスは本当に皆に慕われている。

ふとローズマリーは柱時計を見た。ずいぶん朝寝坊してしまった。

――ジェイラス様はもうご公務に励まれているのだから、私も頑張らなくちゃ！

ローズマリーは部屋で手早く朝食を済ませると、すぐに隣室へ行った。間もなくしてグレタがやってきてソファに座る。侍女は紅茶を淹れてローテーブルの上に置くと、そのすぐそばに呼び鈴を置いて出ていった。グレタとのレッスン前にはこうして紅茶を飲むのがお決まりの流れだ。

「殿下と褥《しとね》を共にしたそうね」

直球で言われ、一瞬だが目眩《めまい》がした。いっぽうグレタは平然と紅茶を啜っている。

「も、申し訳ございません」

「あら、謝ることなんてないわ。私も、夫とは婚前交渉だったもの。もちろん婚約はしていたけれど。なんにしても、ルノエ国の王都社交界では婚前交渉に関して風当たりは強くないから大丈夫よ」

さらりと言って、グレタはティーカップをソーサーに戻した。

「それにしても、男性は本当に我慢がきかない生き物ね……。でもローズマリーだって、殿下と結婚するのだから問題ないわ」

「あ……」

——結婚……そう、そうだったわ。

昨夜はあまり考えないようにしていたが——それどころではなかったというのもある——イザベルが言っていたことについてなにひとつ解決していない。

『いずれは婚約が解消される』というイザベルの言葉が鮮明に蘇《よみがえ》る。なぜ昨夜、彼にその話をしなかったのだろうとあらためて悔いる。

——けれど、私たちは本当に結婚できるのでしょうか……なんて。

彼の反応がわからない。そんな質問をすることでジェイラスを悲しませるか、あるいは怒らせてしまうのか。なんにせよ、いいことなどきっとひとつもない。

それに昨夜は、神に誓うよりも先に契ってしまった。そのことに関してはまったく後悔していないが、「結婚できるのか」などと尋ねる勇気はなおさら持てなくなった。

「どうしたの、ローズマリー」

グレタの言葉で顔を上げる。いつの間にか俯いてしまっていた。グレタは不思議そうに首を傾げる。

「閨のことでなにか不安でも？」

「いっ、いえ、そのようなことは」

「ではどうしてそんな顔をしているの？」

指摘され、壁に造りつけられた大鏡を見やれば、まるでこの世の終わりのような顔をしていた。

——グレタ様には話したほうがいいわ。

むしろ彼女にこそ相談すべきだ。これだけ顔に出てしまっているのだ。心の内に秘めておけることではない。

ローズマリーは意を決して大きく息を吸い込む。

「じつはイザベル様から、ジェイラス様と私の婚約は解消される方向で話が進んでいると聞かされました」

「な……なんですって⁉」

あまりの剣幕《けんまく》に、ローズマリーはびくりと両手を震わせた。

グレタは自身を落ち着かせるように咳払いをしてティーカップのハンドルをつまみ、中の紅茶を飲んだ。

「事実無根よ。そのような話、いっさい聞いたことがないわ」

その言葉を聞いて安堵する。しかし次の瞬間には、イザベルが「ガードナー侯爵夫人もまだご存じないわ」と言っていたことを思いだした。そしてそうなれば、グレタが落胆するということも。

——グレタ様は本当に親身になって考えてくださっている。

他人のためにこれほど憤ってくれるのだ。グレタは人情に厚い。それだけに、婚約解消などという事態になれば、イザベルの言うとおりさぞ嘆き悲しむことだろう。

——ううん、そうはならない。

必死に自分に言い聞かせる。婚約解消の動きなどないというグレタの言葉までも疑ってしまうようではいけない。

「ローズマリー？　今後またそういうことを言われた場合にはきっぱりと否定するように」

「よろしいのでしょうか」

自分よりも高位の貴族に逆らってはいけないという教えに反することだ。

「ええ、こればかりは。もし少しでも認めるような発言をすれば言質を取られて、本当に婚約解消の動きが出てきてしまうかもしれない。イザベル嬢はきっとそれを狙っているのだわ」

グレタは顎に手を当て、悩ましげに眉根を寄せる。

「彼女はもとはといえば第一王子の妃……つまり王太子妃になるべくこれまで教育されて

きた。けれど第一王子が次期国王の座を逃したとあって、内々に決まっていた婚約は解消されたのよ。それで次はジェイラス殿下の妃の座を狙っているのだわ。なんてずうずうしいのかしら！」

グレタは呆《あき》れ果《は》てたようすで言葉を続ける。

「あんな子に絶対に負けてはだめよ、ローズマリー」

公爵令嬢を「あんな子」とはずいぶんだが、グレタがここまで親身になってくれるのが嬉しかった。

「はい、私……頑張ります。ジェイラス殿下のおそばがふさわしいレディになれるように。グレタ様、どうかこれからもご指導よろしくお願いいたします」

ローズマリーは深々と頭を下げる。この決意はなにがあっても忘れてはいけない。

そして昼過ぎ。イザベルから教育を受ける時間になる。彼女と会うのはいつもサロンだ。

――でも、よく考えたら……おかしいわ。ジェイラス様と私の婚約解消の話が進んでいるのだとしたら、私への教育は不必要なはず。

だがそれをイザベルに尋ねても「周囲に婚約解消を悟られないため」だと返されそうだ。藪《やぶ》をつついて蛇を出すようなことになってはいけないので、よけいなことは尋ねないでおこう。

「ごきげんよう、ローズマリー。相変わらず、意味のない王妃教育に励んでいらっしゃるようね」

いきなりのご挨拶だ。ローズマリーは必死にほほえみながら言う。

「お言葉ですが、イザベル様。意味はございます」

向かいの一人掛け用ソファに座っていたイザベルの眉が吊り上がる。

「あなた、まだご自分の立場がわかっていないようね」

攻撃的な冷たい声に怯《ひる》みそうになる。

——でも、だめ。ジェイラス様との結婚だけは、だれにも譲れない。

「私……もっと頑張ります。ジェイラス様の隣にふさわしい女性になるために」

皆に認められ慕われるような女性になるためにいっそう努力していくと、ローズマリーはイザベルに訴える。

ところがイザベルはローズマリーが話をしているあいだも目を合わせようとしなかった。窓のほうを向いて渋い顔をしている。

「わたくし、今日かぎりであなたの教育係を辞めさせていただきますわ」

本来なら「残念です」と言うべきなのだろう。しかし社交辞令だとしてもその言葉は口にできなかった。ほっとしてしまったからだ。

「……短いあいだでしたがありがとうございました、イザベル様」

彼女の時間を割《さ》いて教育係をしてもらっていたことには変わりないので礼は述べなけれ

ばならない。

「こちらこそ。楽しかったわ」

まったくそんなふうには見えないが、むやみやたらに疑うものではない。ローズマリーは曖昧にほほえむ。

イザベルはソファから立つと、ローズマリーには一瞥《いちべつ》もくれずにドアへと歩いていった。ローズマリーもまた立ち上がり、廊下でイザベルを見送る。

サロンには、侍女が自分のために淹れてくれた手つかずの紅茶がある。それを飲んでから私室に戻ろう。

「いまに見ていらっしゃい……」

遠くからそんな声が聞こえた。サロンの中へと一歩、足を踏み入れた状態で振り返る。しかしイザベルはもう廊下の角を曲がってしまっていて、姿は見えなかった。

ローズマリーはしばらく、その場から動けなかった。ザアア……という雨音だけが部屋に響いていた。

王妃教育は朝から晩までみっちりと続いていた。ジェイラスもまた国王即位へ向けて多忙を極めているようだった。それでも週に一度、ふたりで同じ日に休息を取ることができる。それを楽しみに励んでいる。

「やっと雨が上がりましたね」と言いながら、侍女が部屋のカーテンを開けてくれる。

「本当ね。晴れてよかった」

ここ数日はずっと雨が降っていた。作物やハーブにとっては恵みの雨だ。嫌いなわけではないが、せっかくの休日にはやはり晴れていてほしいと思ってしまう。

食堂で朝食をとるべく廊下を歩いていると、突如後ろからポンッと両肩を叩かれた。

「きゃっ!?」

驚きの声を上げて振り返る。するとジェイラスが、いかにも『いたずら大成功』というような顔をしていた。

「お、おはようございます。びっくりしました」

ジェイラスは「おはよう」と返したあとで「驚かせてすまなかったな」と、少しも悪びれたようすなく言った。

――ジェイラス様って真面目だけれど、たまに少年のようなことをなさるのよね。

自分よりも六歳も年上の、しかも次期国王に向かって「少年のよう」とは失礼だが、そうなのだ。

――でもそれは、だれにでもというわけじゃ……ないみたい。

メルベースにいたときや、城の茶会や舞踏会で彼が他貴族と話しているのを見かけるが、相手をからかうような素振りはまったくない。

「うん？　どうした？」

「い、いえ」

朝陽に照らされた柔らかな笑みにどきりとしながら前を向く。きっと気を許してくれているからこそだ。

「行こうか」

ジェイラスはローズマリーの肩を抱いたまま食堂へと歩く。

――こ、このまま歩くの？

ジェイラスと密着したまま廊下を進む。まわりには侍女や、ジェイラスの侍従がいる。皆、素知らぬ顔でついてきてくれる。

「今日は待ちに待った休日だ」

「そう、ですね」

どぎまぎして上ずった返事になった。それきりジェイラスがなにも話さないので上を向くと、はにかんだような笑みを見せてくれる。つられて笑顔になる。

「朝食が済んだら、付き合ってほしい場所があるんだ」

「はい。どこへでもお供いたします」

食事を終えるなり、ジェイラスと連れ立ってふたりきりで城の廊下を歩いた。

「どちらへ行かれるのですか?」

てっきりまた城の外へ行くのかと思ったが、どうやら違う。城の正門や裏門があるのとは異なる方向へ進んでいる。

「さあ、どこだろうな」

そう言うわりに、ジェイラスは目的の場所があって歩いているようだった。ローズマリーは首を傾げながらも彼についていく。

城の地上階に来ると、外廊下に出て石階段を下った。城内のものよりも一段一段が高い。ジェイラスが先に下りて手を取ってくれる。

「こちら側にはなにがあるのですか? お庭?」

それには「ああ」としか答えてくれない。城の庭には何度か来たことがあったが、ここは違う場所だった。ルノエ城は建物の中もそうだが庭も広大だ。まだまだ知らない場所がたくさんある。

空はよく晴れている。昨日までの雨が嘘のようだ。

「ここからは目隠しで進む」

「えっ?」

ジェイラスの唐突な発言に目を丸くしていると、彼の大きな片手で目元を覆われた。

「大丈夫。きみが転ばないようきちんと導くから」

ジェイラスはローズマリーの目元を左手で覆ったまま、右手で腰を抱いて歩く。

真っ暗な状態で歩いていても、不思議と不安はなかった。ジェイラスの手にしっかりと支えられているからだろうか。

「着いた」

短い言葉とともに急に視界が拓ける。急に陽光の下に晒《さら》されたせいでほんの少し目が眩《くら》んだ。

そこにはリンデンの高木が立ち並んでいた。黄緑色の小さな花が無数に咲いている。その向こうにはアルニカの黄色い花、タイムの小さな桃色の花、バレリアンの白い花……と、色とりどりの花々が水粒を反射して風に揺られていた。

「ここ、は……これは……?」

か細い声で尋ねる。ジェイラスはというと、食堂へ行く前にローズマリーにしていたのと同じように彼女の後ろからその両肩に手を置いている。

「ローズマリーが城に来ることが決まってから造園したハーブの庭だ。リンデンの木はもとからあったものだが、それ以外はあとから整えた。ハーブが根付いて花が咲くのを、いままで待っていたんだ」

唇が震える。感極まってしまって言葉が出ない。

「きみを驚かせたくて、ずっと内緒にしていた。……喜んでもらえたかな」

背後から顔を覗き込まれた。彼は身をかがめて穏やかに笑っている。

「はい……っ。ジェイラス様には……驚かされて、ばかりです」

鼻がつんと疼くせいで、絶え絶えにしか言葉を発することができなかった。涙が出そうなくらい嬉しい。

目元を拭われる。涙はすでに零れてしまっていた。嬉し涙なのだと、ジェイラスはきちんとわかってくれている。

ローズマリーはあらためて庭を見まわした。

「あの、ジェイラス様。この庭のハーブのお手入れを手伝ってもよろしいでしょうか?」

うずうずしているローズマリーを見下ろしてジェイラスは大きく頷く。

「この庭はだれもが自由に出入りできるようにする。きみはもちろん、庭師もメイドも自由にハーブを手入れできれば……と、思う。きみが以前そうしていたように。それで、ここをマリーガーデンと名付けたいんだが、いいか?」

ローズマリーは瞳に涙を溜めて何度も首を縦に振る。自分の名前の一部を取った庭の名前をつけてくれたことに感激する。

メルヴィル伯爵領にいた頃とは一変した生活に不満があったわけではない。それでもやはり、ハーブを育てられるのは嬉しい。

「ジェイラス様のお心の広さに、私はいつも救われております。本当にありがとうございます、ジェイラス様」

感情が昂ぶり、勢いよく抱きつく。それでも彼がよろけることはない。抱え上げられ、リンデンの木陰のベンチにそっと下ろされた。風に揺れるハーブが一望できる。ローズマリーは大きく息を吸い込んで、ハーブの香りを満喫する。

ふと見上げれば、リンデンの木の枝に小鳥が二羽いた。仲睦《むつ》まじそうに寄り添っている。

「先客がいたな」

ジェイラスもまた小鳥を見上げている。

「ふふ、そうですね」

ピピ、チチ……と、小鳥の囀《さえず》りが聞こえてくる。髪を撫でられ、頬を覆われる。穏やかな表情の中に、訴えかけてくるものがある。

――目を瞑らなければ。

本能に従って目を閉じるとすぐに唇が重なった。鳥が木の実を啄《ついば》むような、軽やかなキスだ。その心地よさに、ここが屋外だということを忘れて夢中になる。

しだいにくちづけは深くなり、気がつけば舌が口腔へ入り込んできていた。舌の根元をくすぐられ、たまらなくなって身を捩る。

腰や背を撫でまわされ、胸元もやんわりと摩られる。コルセットをつけているというのに、胸の上を手のひらが通るだけでぞくぞくと体が戦慄く。

「ん……ん、ぅ……っ」

まだ太陽は昇りはじめたばかりだというのに、夜にしか奏でてはいけないような吐息混じりの呻き声が漏れてしまう。

唇が離れ、至近距離で見つめ合う。木々を映した湖面のようなエメラルドグリーンの瞳は蠱惑的《こわくてき》で、ずっと見ていると吸い込まれそうになった。

するとジェイラスは悩ましげに息をつく。

「これ以上は……やめておかなければ。この場所は城からも見える。きみの官能的な表情はほかのだれにも見せたくない」

「ふえっ⁉」

おかしな声を上げてあたりを見まわせば、たしかに城の居室や廊下の窓に面していた。これでは城のどこからでも見えてしまう。ローズマリーはぱくぱくと口を動かす。

「も、もっと早く言ってくだされば……！　わ、私……」

――節度ある態度を取ったのに。

そう思った直後に、本当にそうだろうかと自問する。彼との甘美なキスに夢中になっていたのには違いない。

「すまないな」

謝罪の言葉を口にしながらもやっぱり、悪びれたようすはない。満面の笑みで頬や唇を撫でられれば、羞恥でへの字に曲がっていた唇も自然とほころんだ。

イザベルが教育係を辞めて一ヶ月。彼女が発した「いまに見ていらっしゃい」という言葉が気がかりになりながらも日々は慌ただしく過ぎていった。イザベルとは一度も顔を合わせていない。

「俺と一緒にオルグラナへ行ってくれないか？」

朝食の席でジェイラスに提案されたローズマリーは手に持っていたグラスをテーブルに置いてから「はい、ぜひ」と即答した。彼は声を抑えて笑う。

「なにをしに行くのかも、いつ行くのかもわからないのに二つ返事だな？」

「だ、だって……」

ジェイラスに誘われれば、一緒に行きたいという気持ちが先に立って、深く考えるより前に返事をしてしまう。もはや無意識だ。

――でも、そうね。目的と期日を聞いてからでなければ返事なんてしてはいけないわ。

反省していると、斜め向かいに座っているジェイラスがますます笑みを零した。

「いや、本当は俺がいけないんだ。なにをしに、いつ行くのかと最初に言わなければならなかったのに、きみはきっと即答するんじゃないかと思って意地の悪い尋ね方をした」

ローズマリーはなにも言えず、頬を赤くしたまま唇を尖らせてジェイラスを見つめる。

そんなローズマリーを、ジェイラスはしばらくにやにやしたまま眺めていた。

「きみにならどれだけ睨《にら》まれてもいいな」

まわりには給仕の侍女たちがいるというのに惚けた顔でそんなことを言われ、気恥ずかしくなる。

「あの、それでオルグラナ行きのことですが」

「ん？　ああ、期日は一週間後。レイモンド……オルグラナの王太子に『婚約者と一緒に薔薇を見にこないか』と誘われた」

「薔薇、と言いますと……オルグラナ城のですか⁉」

「そうだ」

ローズマリーの表情がとたんに晴れる。オルグラナ城に咲き誇る薔薇は色、品種ともに豊富で、近隣国では随一と有名なのだ。前々からぜひ見てみたいと思っていた。

「一週間後には別段、用事はございませんのでご一緒させていただきたいです！」

息を弾ませて言うと、ジェイラスはほほえんだまま頷いた。

「薔薇を眺めながらのティーパーティーだ。オルグラナに留学して以来、薔薇の咲く時期にはいつも呼ばれていた。もちろん、きみという大事な婚約者と一緒に出席するのは初めてだ」

透き通った翡翠色の瞳でじいっと見つめられる。

「快諾してくれてありがとう、ローズマリー。レイモンドのやつ、今回はわざわざ『白馬の文《ふみ》』を使って招待状を寄越してきた。是が非でもきみを連れてこいということなのだろう。……もちろん俺も、きみと一緒に行きたいと強く願っていたが」

新緑の瞳が強い光を伴ってこちらを見つめてくる。ローズマリーは気恥ずかしくなって、見つめ返すことができずに、頭に引っかかった『白馬の文』について質問した。

「ああ、話したことがなかったな。『白馬の文』というのは有事の際……たとえばルノエとオルグラナの国交異常が挙げられるが、ともかくそういうときは通常のルートでは書状が確実に届かないことが多い。だから緊急時には、レイモンドの使いの者が白馬に乗ってやってくる。そしてその者が持っているオルグラナ王家の封蠟が押された書状はなにがあっても他人を介さず俺に直接届けるようにとルノエ城内で取り決めている」

白馬で駆けつけてくる者は、ジェイラスがオルグラナに留学していたときの学友――馬の扱いに慣れた信頼できる数名で、オルグルナ城に勤めている――だそうだ。

使いの者がジェイラスの学友とはいえルノエ城に到着した際には危険物を所持していないかの確認はなされるが、レイモンドからの書状は彼らの手から確実にジェイラスに渡る。

「なるほど……。通常の書状でしたら、郵便を管轄する機関に加えて城では侍従や侍女を介しますが、それがまったくないということですね？」

レイモンドからの書状が別の物にすり替えられたり奪われたりする危険性が非常に低いというわけだ。

ジェイラスは大きく頷いたあとで「それにしても、薔薇のティーパーティーをこれほど楽しみだと思ったことはない」と笑う。

嬉しそうなジェイラスに、ローズマリーは「私もすごく楽しみです」と言葉を返した。


朝食のあと、ローズマリーは私室でグレタに「オルグラナ城へ行くことになった」と話した。

「薔薇のティーパーティーね？　私も夫と行ったことがあるわ。あの話はすごくロマンチックだものね」

「あの話……とは？」

「いやだ、知らないの⁉」

「は、はい。申し訳ございません」

「責めたわけじゃないわ。でもまあ……そうね。オルグラナへ行く機会もなかっただろうし、あなたの興味はいままでハーブばかりだったようだから、無理もないわね」

グレタはやれやれといったようすで頬に手を当てて息をつく。

「薔薇のティーパーティーにドレスコードがあるのは知っている？」

「はい。招待状に書かれていました」

オルグラナ城のティーパーティーに参加するにあたってドレスコードが唯一ある。それは、身につける物のどれかひとつには必ず『薔薇』をあしらうことだ。

「そう。そのドレスコードに従って薔薇のモチーフを用いるのだけれど、そのうちのひとつをオルグラナ城の南の丘でパートナーと交換すれば、ふたりはなにがあっても永遠に結ばれるという言い伝えがあるのよ」

「まあ、素敵ですね！」

「ええ。ただね、事前になにを交換するのかパートナーと相談してはならないの」

「それはなぜでしょうか？」

「さあ、なぜでしょうね。もし事前に相談していたら『永遠に結ばれる』という効力が得られないと言われているわ。……でも、そうね。なにを交換するか前もってわかっていたら面白くないからじゃない？」

「ふふ、たしかに……そうですね」

ローズマリーはグレタにその話を聞いてからずっとうきうきとした気持ちで一週間を過ごした。

薔薇のティーパーティー当日は早朝から身支度を始めた。侍女たちは、次期国王の婚約者を隣国オルグラナに披露目する機会とあって、いつにも増して張りきっている。ローズマリーにしても気合いは充分だ。ジェイラスのパートナーとして振る舞う、初めての公の場だからだ。

ローズマリーは手首に薔薇を象った大きめのブレスレットを嵌《は》めていた。ジェイラスと交換しやすいように、だ。ローズマリーの手首には緩いのだが、身につけていておかしいというほどではない。

淡い桃色のドレスに、羽根飾りがついたレースの帽子を被ってローズマリーは城の車寄せへ行った。ジェイラスは先に来ていた。

「遅くなり申し訳ございません」

「いや……」

ジェイラスはローズマリーを見るなり一切動かなくなった。全身を見まわされる。

「薔薇よりもきみを、ずっと眺めていたいくらいだ」

ローズマリーはとたんに頰を染める。だがその言葉はそっくりそのまま彼に返したいくらいだった。ジェイラスが身につけている上着の襟には緻密な薔薇模様が描かれている。彼は本当になにを着てもよく似合い、麗しい。

——あらっ？　待って……ジェイラス様が身につけていらっしゃる『薔薇』は上着だわ！

襟に描かれた薔薇には鎖が吊《つ》り下《さ》がっており、そこに薔薇の台座の宝石が揺れていて瀟《しょう》洒《しゃ》だ。

しかし彼が身についている唯一の『薔薇』のモチーフが上着である以上、交換ができない。ティーパーティーという公の場でジェイラスが上着を脱いで過ごすわけにはいかないし、それをローズマリーが着ているのだっておかしいと思われる。

ジェイラスはきっとあの言い伝えを知らないのだ。ローズマリーは密かに落胆する。残念だが仕方のないことだ。交換するものに関して事前に相談してはならないのだから。

――いいえ、残念だなんて……贅沢《ぜいたく》だわ。

一緒にいられるだけで充分ではないか。ローズマリーはあらためてジェイラスを見る。

きっと一日中だって飽きずに見ていられる。

ふたりは王家の馬車――猛《たけ》る獅子を包むように月桂樹が描かれた金色の紋章がついている――に乗る。白い雲が浮かんでいるものの雨の気配はなく晴れて、よい日和だ。

オルグラナ城へは二台の馬車で向かう。一台目はローズマリーとジェイラスのふたりだけ。二台目の馬車に従者たちが乗っている。

「本当ならオルグラナに一泊したいところだが、公務の都合で日帰りだ。明日からは一段と立て込んでいてな……」

消沈したようすでジェイラスが言った。国王即位に向けてますます多忙を極めているようだ。

伯爵家の栄誉勲章の叙勲に関しても、ジェイラス自ら積極的に動いてくれているとグレタから聞き及んでいる。そんな中、一緒にオルグラナへ行けるだけでも恵まれている。

ルノエ国の王都からオルグラナへは、メルヴィル伯爵領から行くよりも近い。馬車で一時間も経てば国境を越えることができ、オルグラナ城へもそこから三十分ほどだ。ゆえに、日帰りできない距離ではない。メルヴィル伯爵領のほうがよほど遠い。

ローズマリーは車窓から外ばかり見ていた。いっぽうジェイラスはそんなローズマリーばかりを見ている。

「ジェイラス様？　景色はご覧にならないのですか？」

「ああ。この道はよく通るから、外は見飽きている。……だがきみは違う」

「はい、私はオルグラナへ行くのも初めてですので」

「はは、そうじゃない。俺が、きみをどれだけ見ていても飽きないという意味だ」

頬が瞬時に熱を帯びる。

「じつは私も、先ほど同じことを考えていました。ジェイラス様が……麗しくていらっしゃるので」

「うん？　そのわりに外ばかり見ていたじゃないか」

「それは……ええと」

向かいに座っていたジェイラスが隣にやってくる。

「また意地の悪いことを言ってしまった。いいんだ、気にせず外を眺めていてくれ。俺はきみとこうして寄り添えれば……ひとまずはいい」

ジェイラスはローズマリーの肩に頭を乗せて目を瞑る。どこからともなくよい香りが漂ってきた。結局、過度にドキドキしてしまい景色どころではなくなるのだった。

馬車は順調に進み、オルグラナ国へと入る。市街を抜け、崖の上に立つ橋を越えれば、クリーム色の煉瓦にオレンジ色の円錐《えんすい》屋根がいくつも連なったオルグラナ城に到着する。

城の建物もさることながら庭に咲き誇る薔薇は噂に違わぬ百花繚乱《ひゃっかりょうらん》ぶりだった。ひとえに薔薇といっても、色も形もじつに多様だ。

ローズマリーはジェイラスに付き従って貴族たちと挨拶を交わしていた。そこへ黒い髪に碧い瞳の男性が現れる。「オルグラナ国王太子、レイモンドだ」と、ジェイラスが紹介してくれる。

――この方が、ジェイラス様がよく話していらした旧友の……。

ローズマリーがお辞儀をすると、レイモンドがにこやかに口を開く。

「ジェイは僕がどれだけ口酸っぱく『パートナー同伴で参加するように』と言っても、決まって単身でこのティーパーティーに出ていたんだ。今日は貴女《あなた》が来てくれて本当に嬉しいよ」

レイモンドの言葉を聞くなりジェイラスを見る。すると彼はどこかばつが悪そうに「コホン」と咳払いした。そんなジェイラスを横目にレイモンドが続ける。

「そういえば、最近よくきみの国の宰相がこの城に来ているようだよ」

「フリント公爵が?」

「うん。……まあ、オルグラナの城はフリント公爵にとって実家のようなものだから、おかしな話というわけではないけれど、少し気になってね」

フリント公爵の母親はオルグラナの公爵家の出身だ。よって彼の親類はそのほとんどがオルグラナ国の要職に就いている。

「まぁ今日は、堅苦しい話はしないでいよう。さあふたりとも、どうぞ座って」

レイモンドに促されるままガーデンテーブルを囲んで椅子に座る。庭を眺めながら、薔薇の花びらが浮かべられた紅茶を飲む。ケーキスタンドには美味しそうなタルトがずらりと並んでいて、目移りする。甘い香りに包まれた至福のひとときだった。

――綺麗《きれい》な薔薇を見ながらジェイラス様と一緒に過ごせて、幸せだけれど……。

ローズマリーはなおもグレタが話していた言い伝えのことが引っかかっていた。ジェイラスとはすでに婚約しているのだから必要のないことだ。それに彼の『薔薇』は上着だ。交換もできない。

――でもせめて、南の丘には行ってみたい!

「あの、ジェイラス様……」

「南の丘に行かないか？」

提案しようと思っていたことを先に言われたローズマリーは拍子抜けする。

「うん？　どうする？」

「は、はい！　ぜひご一緒に」

ふたりは席を立ち、天高く昇った太陽の下を歩く。南の丘からは市街を一望できた。薔薇の向こうにオレンジ屋根の町並みが広がっている。

「ところでローズマリー。ブレスレットを俺にくれないか？」

「えっ？」

手首からブレスレットをするりと外された。その代わりにジェイラスは上着の襟から薔薇のモチーフを外す。鎖の先に下がっていたものだ。よく見れば指輪になっていた。

それを右手の薬指に嵌められる。花の部分を真珠とダイヤモンドで、茎や葉の部分は金細工で作られた指輪だった。

「婚約の証に。……ずいぶんと遅くなってしまったが」

ジェイラスが申し訳なさそうに笑う。いっぽうローズマリーは目頭を熱くしながら何度も礼を述べた。

「言い伝えのこと……ご存知だったのですか？」

「ああ。この指輪は薔薇のティーパーティーで渡そうと前から決めていた。じつはガードナー侯爵夫人に頼んで、言い伝えのことをきみが知っているかどうか確認してもらったんだ。きみがなにを身につけたほうがよいのかまでは指示しなかったから『交換するものを事前に相談してはならない』という部分は守れたはずだ」

真面目な彼のことだ。これまで、このティーパーティーに一度もパートナーを連れてこなかったのはこの言い伝えがあったからではないだろうか。

——ジェイラス様は、いつか出会う生涯の伴侶のためにこの機会を残していた……？

そしてその伴侶に選ばれたのが自分だと思うと胸がいっぱいになった。出会えたことが奇跡のように思えてくる。

「わ、私っ……本当に、嬉しいです……ジェイラス様！」

ローズマリーは瞳を潤ませてジェイラスの胸に縋りつく。彼の両腕が力強く腰を抱く。見上げるのと同時に、薔薇の香りに包まれながら唇同士を重ね合わせることになった。

オルグラナ城のティーパーティーから帰ったあとのジェイラスは本当に多忙で、朝食の席ですらわずかな時間しか顔を合わせることができなくなった。ふたりきりではまったく会えない日々が続いている。

グレタの話では、夜遅く――日付が変わってもなお――彼の執務室には明かりが灯っているそうだ。

そんなある日、イザベルからサロンでの面会を申し入れられた。元教育係の誘いを断るわけにはいかない。

「あなたの妹君が使っていらっしゃるアトケのこと……ご存知かしら？」

どきりとする。それは決してわくわくするというような胸の高鳴りではなく、悪いことを予兆するような鼓動だった。サロンで会いたいという手紙を貰ったときから嫌な予感はしていた。

――デイジーの肌が荒れやすいことをどうしてイザベル様が知っているの？

オルグラナの製薬会社が製造販売している塗り薬のアトケはデイジーには必要不可欠なものだ。そのことをなぜ彼女は唐突に話題にしたのだろう。

ローズマリーはごくりと喉を鳴らしたあとで必死に平静を装い、笑顔を取り繕って言葉を絞りだす。

「アトケがどうしたのでしょうか？」

するとイザベルは扇を開き、口元を隠しながら言う。

「たいへんな品薄になって、どこへ行っても手に入らないそうよ」

口元が見えないのでイザベルの表情はわからない。ただ、彼女が笑っているような気がしてならなかった。

膝の上に置いていた両手が小さく震えだす。ローズマリーはその震えを抑えるべくぎゅうっと強くこぶしを握った。

「なぜそのような事態に……」

イザベルはなにか知っているのではないか。むしろこの事態を引き起こした張本人なのではないかとつい疑ってしまう。

「わたくしはなにも存じ上げませんわ。それではごきげんよう」

そう言うなりイザベルはソファを立ち、ローズマリーとは一度も目を合わせることなくサロンを出ていった。

ローズマリーは急ぎ実家に確認の手紙を送る。返事は早馬ですぐに来た。品薄は事実で、どうやらフリント公爵家が絡んでいるらしい。

アトケの製造元はフリント公爵の親戚筋だそうだ。手を尽くしてなんとかするから心配しなくていい、と父親の手紙には書かれている。

それでも気は晴れなかった。王妃教育は一段落しているので復習が中心だが、どうも手につかない。

こういうときは庭だ。マリーガーデンへ行き、その場にいた庭師や侍女たちに声をかけて手伝う。爽やかな風が運んできたよい香りに包まれると心が軽くなる。

ジェイラスにはこのことを話していない。忙しいジェイラスの手をさらに煩わせることになりかねないし、父親の手紙には「なんとかする」と書かれていたのだ。ここでジェイラスに相談しては、父親のことを信頼していないようで気が引けた。

それでもやはりデイジーのことが心配だ。薬が手に入らないとなって、不安がっているのでは……と気を揉む。

「やあ、ローズマリー」

イザベルの従弟のアシュリーに声をかけられた。彼はこのところよく庭へとやってくる。マリーガーデンは城に出入りができる者ならだれでも散策できる。

「ごきげんうるわしゅう、アシュリー様」

彼は侯爵家の嫡男だ。気安い言葉使いはできない。

「ねえ、知ってる？　アトケのこと」

――イザベル様と同じような問いかけをなさるのね。

「アトケが品薄だということは、イザベル様から聞いております」

「そう。じゃあその理由も知っているのかな」

ローズマリーが首を横に振ると、アシュリーは口の端を上げて「ふふっ」と笑った。

「アトケを買い占めたのはイザベル姉様の父上……フリント伯父様だよ。まわりくどいのは嫌いだからはっきり言うけど、イザベル姉様はなにがなんでも自分が王妃になりたいらしい。だから、あなたの妹が常用しているアトケを買い占めて伯爵家を追い込み、次期王妃の座から引きずり下ろしたいんだって。僕はそれに協力するよう言われた。つまり、きみを誘惑してほしい……と」

アシュリーは眉根を寄せて笑う。

「既成事実を作ってもいいだなんて、物騒なことも言っていたよ。もちろん僕はそんな野蛮なことしないけれど。まあとにかく、僕と結婚してくれればアトケが手に入りやすくなるよ。僕の侯爵家とあなたの伯爵家だったら家柄としても釣り合いが取れるし。だから、ね？　ジェイラス殿下との婚約は解消したほうが身のためだよ」

「そういうアシュリー様はよろしいのですか？　イザベル様の言いなりになって私と結婚する……だなんて、お嫌なのでは？」

「べつに。あなたのこと、けっこうタイプだし」

あっけらかんとしたようすで笑っている。十七歳という年齢らしい笑顔だった。しかし次の瞬間には笑みを潜めて真剣な顔つきになる。

「アトケの件をジェイラス殿下に相談すれば解決してくれるかもしれない。でもそれはフリント伯父様と対立するということ。僕の伯父様は怒らせると怖いよ？　いくらジェイラス殿下といっても……無傷では済まないかもね」

——これは、脅されている？

「それはどういう意味ですか？」

「ただ純粋に殿下を心配しているだけだよ。迷惑がかかるようなことは避けなければならないよね、と……アドバイスしているんだ」

——やっぱり……脅しだわ。

「……ご忠告ありがとうございます」

「それで、どう？　僕と結婚する？」

「いたしません」

「即答だね。まあ、わかっていたけれど。イザベル姉様にもそう伝えていいかな」

「はい」

「わかった。でもイザベル姉様はしつこいからね。今度はもしかしたらきみの父上に揺さぶりをかけるかも」

「そ、そんな……！」

「やだな、ただの憶測だよ。そんな怖い顔しないで？　かわいいのが台無しだ。それじゃあね」

ひらひらと手を振って去っていくアシュリーを、ローズマリーは立ち尽くしたまま見送った。

その日の夜はどうにも寝付けず読書をしていた。もう真夜中だが、いっこうに眠くならない。そこへ、部屋の扉を控えめに叩く音が聞こえる。

「どなたでしょう?」と尋ねれば「俺だ」と返ってきたので、ローズマリーはすぐに扉を開けた。

「こんな時間にすまないな。だが……きみの部屋の明かりがついているのが見えたから」

彼はきっとこの時間まで仕事をしていたのだ。

「どうぞ、お入りください。お茶を飲まれますか?」

「いや、いい。……それより、話がある」

ジェイラスの表情は硬い。彼はベッド端に腰掛けるなり目線で「隣に座れ」と訴えかけてきた。ローズマリーはそのとおりにする。

「昼間、アシュリーとなにを話していた?」

「え……」

すぐには答えられない。アシュリーが「ジェイラス殿下には相談しないほうがいい」と言っていたことが脳裏をよぎったせいだ。

「ハーブの生育状況などを……話していました」

——どうして嘘をついてしまったの。

瞬時に自身を責める。だが、アトケのことを彼に内密にするには、嘘が必要になる。

——ジェイラス様に迷惑はかけられないもの!

だから仕方のないことなのだと、ローズマリーは自己弁護する。ところがジェイラスはローズマリーの話を鵜呑《うの》みにしていないようだった。

「今日だけじゃない。このあいだも、彼と話をしていたな。ずいぶん親しくなっているようだが？」

マリーガーデンは城のどこからでも見える。もしかしたら彼の執務室からも眺められるのかもしれない。

「……なにか俺に隠していないか、ローズマリー」

顔を覗き込まれ、どきりとする。やましいことがあろうとなかろうと、彼に凄《すご》まれればきっとだれだってこんな反応をする。ローズマリーは手と唇をピクンと震わせた。

「な……なに、も」

虫の鳴くような声しか出せなかった。目を合わせていられなくなって下を向く。それでも彼は見つめてくる。

「ローズマリー」と、はっきりとした声で名を呼ばれる。

「……は、い」

返事をしたものの、声は震え、瞳には涙のヴェールが張る。ひどく感情が昂ぶっている。ジェイラスが顔を歪《ゆが》ませた。それを最後に、視界は真っ暗になる。

「んっ……！」

荒々しく唇を重ねられた。そのまま押し倒される。深く食まれ、息つく暇もないくらいに貪られる。ジェイラスはローズマリーの口腔で舌を暴れさせると、銀糸を引きながらほんの少しだけ離れた。

「俺は、きみが思っているような広い心の持ち主じゃ……ない」

唸るような声で発せられた言葉は唐突に感じたが、以前、マリーガーデンで「お心が広い」と彼に言ったことを思いだした。

「きみのすべてを独占したくていつも躍起になっている」

エメラルドの瞳が揺らめく。彼の指先は頬を撫で、どんどん下降する。

「やはり……この時間に訪ねてくるべきではなかった」

それは自分自身に言っているようだった。

「きみの素肌を知ってしまったものだから……もう、以前のようには我慢ができない」

彼の右手がネグリジェの裾を摑む。そうかと思うと性急に捲《めく》り上げられ、シュミーズが露わになる。

「あっ」と、小さく叫んだ次の瞬間にはシュミーズの前ボタンが片手で外されていた。

「歯止めがきかなくなる。この甘い肌を味わいたくて、あらゆる欲望が膨れ上がるんだ」

そう吐き捨てたジェイラスの顔は悲痛だった。彼にそんな顔をさせるくらいなら、意のままにしてほしいと思ってしまう。

シュミーズの前が左右にはだけて、乳房が明るみに出る。それを鷲《わし》摑みにしながらジェイラスは言う。

「すべて俺のものだ」

ふたつの膨らみは原形をとどめないくらいぐにゃぐにゃと激しく揉みしだかれる。

「んぁ、あっ、ぁっ……！」

胸飾りが一瞬のうちにツンッと尖る。

「いじらしく勃ち上がっている」

円卓に置かれた燭台《しょくだい》の薄明かりに顔の半分だけが照らされた彼の表情は険しい。どうすれば彼を、ふだんの穏やかな顔に戻すことができるのだろう。正解がわからない。

ローズマリーは縋るようにジェイラスの腕に手を添える。すると彼の両手がぴくりとわずかに揺れた。

「……胸のいただきに触れてほしいと、ねだってるのか？」

「え、っ……ぅ、んんっ……！」

なにか答えるよりも先にまた唇を塞がれ、凝り固まっていた胸の蕾をつまみ上げられた。

「ん、ふ……っ」

ローズマリーはくぐもった喘《あえ》ぎ声を発しながら身を捩る。どれだけ強くつままれても痛みは感じない。それどころか、力を込められれば込められるほど快感が迸《ほとばし》る。

――ジェイラス様は怒っていらっしゃるのに。

彼はきっと嘘を見透かしている。下手な嘘で苛立たせてしまった。彼の気を煩わせたくないと思っているのに、うまくできない。

真実を打ち明けるべきだとわかっている。それなのに、情熱的なくちづけと指先は甘く官能的な疼きを生んで思考を痺れさせる。ただひたすら、彼への愛しさばかりが募る。

「……ッ、ローズマリー」

長いくちづけのあとに、吐息たっぷりに名を呼ばれて全身が悦びに震える。

ジェイラスはローズマリーの乳房を両手で掴んだまま身を屈《かが》める。快感に絆されて、ぼうっと眺めていたローズマリーだが、彼の赤い舌が覗いたことで我に返った。

「……っ」

短く息を吸い込むのと同時に彼の舌が薄桃色の棘を根元から頂点に向かってべろりと一舐めした。

「ひぁあっ！」

思いがけない大声が出てしまった。慌てて両手で口を押さえる。うろたえるローズマリーの顔を下方からしげしげと眺めながらジェイラスはなおも屹立に舌を這わせる。

肉厚でざらついた舌はつい先ほどまで口腔にあった。それが、いまは胸の尖りを舐《ねぶ》っている。

口腔を弄っていた彼の舌はひどく獰猛《どうもう》だったというのに、いまはやけに緩慢に薄桃色を舐め辿っている。ジェイラスは舌を動かしながらローズマリーの反応を確かめているようだった。

「ん、ぁっ……あぁ、う……」

探るような動きに身悶《みもだ》えする。もどかしさが募って息遣いが荒くなってくる。

頬を紅潮させ、胸を上下させるローズマリーを見てジェイラスはわずかに口角を上げて愉悦じみた笑みを浮かべる。

「ほかの男のことなど考えられなくなればいい」

湿った乳頭に吹きかかる、独占欲を示す言葉。もとよりほかの男性のことは考えていないと言いたいのに、舌で触れられていないほうの胸飾りを二本の指で挟まれ根元を揺さぶられれば、彼の先ほどの言葉どおりジェイラスのことしか考えられなくなる。

胸飾りをぱくりと食まれ、ちゅうっと水音を立てて吸われる。

「あぁあっ！」

大きな声が出てしまうことに抵抗感がなくなってきた。こんなことでよいのだろうかと危惧しているあいだもジェイラスは舌を巧みに動かして蕾を愛でる。

「ん……硬い。弾かれる」

ぼやいて、また舐めはじめる。顔から火を噴きそうなくらい恥ずかしくなる。そこが硬いのは、感じているという確固たる証拠だ。

指でされるときよりもさらに気持ちがよくて、いてもたってもいられなくなる。両脚をもじもじと動かしてしまうのは、下腹部にどうしようもないまでの甘い疼きを感じているからだ。

それを察知したように、ジェイラスの空いているほうの手が下肢へと伸びていく。

「あっ……」

小さく叫んだときには片手でドロワーズを引き下げられていた。

ジェイラスの長い指先はふっくらとした恥丘でくるくると円を描き、ローズマリーから執拗《しつよう》に官能を引きだそうとする。

彼はいったいどれだけのことを同時にできるのだろう。舌と両手の指でそれぞれ異なる動きをしていて、混乱しないのだろうか。

――ううん、私のほうが……。

気持ちのよい箇所を同時に、めまぐるしく弄られて混乱している。とても平常心ではいられない。

「ふっ……ぁ、あぁっ……」

ジェイラスの右手が秘裂を撫でる。そこが濡れている自覚があった。胸のいただきをこれほど愛でられれば、そうなるのも仕方がない……と、ローズマリーは心の中で言いわけした。

蜜を零す裂け目を指でこじ開けて、ジェイラスは花芯のご機嫌伺いをする。ぬめりを帯びた指先でトントンと叩かれると、いやがうえにも高い声が出て体が震えてしまう。

そうして揺れるローズマリーの乳房をジェイラスは熱心に見つめながら身を起こした。

左手はローズマリーの乳房に添えたまま、右手では花園を掻き乱す。

「やっ、ジェイラス様……ぁ、う」

ローズマリーが緩く頭《かぶり》を振っても、ジェイラスは手を止めない。

「……嫌か？」

右手の人差し指で花芽のまわりをえぐったあとでジェイラスはローズマリーに尋ねた。

「いや、では……ないのですが……ふっ、ぁ」

「だったら、なんだ？」

硬い声だった。彼はまだ怒っているのだ、アシュリーと話をしていたことを。あるいは、嘘をついたことを。

なおも秘所を指で責め立てられる。左手の指は胸飾りを嬲りだした。

「だ、だめっ、です……おかしくなって、しまいそうで……あ、あぁっ……!!」

ローズマリーはびくん、びくんっと肢体を震わせながら達する。

「それは願ってもない」

絶頂を迎えて敏感な秘芯を、ジェイラスはなおも指で押しつぶして刺激する。

「……おかしくなってしまえばいいんだ」

唇を塞がれ、指を隘路に挿し入れられる。

「んんっ……！」

潤みきった蜜壺に彼の指が摩擦なく潜り込む。媚壁の具合を確かめるように指は上下左右に蠢く。違和感や異物感はほとんどなく、そこを指で弄られることの恐怖心に至ってはいっさいない。身も心も彼の長い指を喜んで受け入れている。

ジェイラスはローズマリーの唇を解放すると、親指で花芽をくすぐりながら中指をじりじりと奥へと進ませた。

「あっ、ぁ……ん、ふぅっ……」

自然と両脚が左右に開けてくる。無意識に、彼が奥を探りやすいような体勢を取ってしまっていた。

「きみの乱れた姿は……たまらない」

その言葉で、自分がどれだけ卑猥《ひわい》な恰好をしているのか気がつく。ネグリジェは胸の上でもたつき、乳房はシュミーズの上に乗っかっている。挙げ句、両脚は見せつけるように開いているのだ。

「……っ‼」

せめて脚だけでも閉じていなければと思うものの、ローズマリーの動きを予見していたようにジェイラスは右手の中指をさらに奥へと突き込んだ。

ローズマリーは「ひぁあっ！」と叫びながら全身を跳ねさせる。

ジェイラスの長い指は中の蜜を掻きだすように前後する。彼の親指までぬるついている。潤滑油を得た親指で珠玉を押しつぶされる。

「あ、あぁっ……ふ、うぅっ、あっ……！」

そうしてローズマリーは容易く二度目の絶頂に達する。体はすっかり弛緩《しかん》して、理性などというものはすっかり蕩《とろ》けきってしまった。

とろんとした瞳で荒く息をするローズマリーを見下ろしてジェイラスは緩く首を横に振る。

「まだ、だ。もっと……なにも見えなくなるくらい溺れるんだ」

持ち上げるようにして乳房を摑まれ、その先端を指で押し上げられる。強欲を示すように胸元を強く吸われる。まどろみかけていた意識を引き戻され、ふたたび快楽の渦へと呑《の》み込《こ》まれた。

第五章　甘やかな訓練

執務室で書き物をしていたジェイラスは羽根ペンをスタンドに預けると、昨夜のことを思い起こした。

ローズマリーは三度目の絶頂を迎えたあと、疲れ果てたようすで寝入ってしまった。もとより彼女はあまり夜更かしはしないようだから、昨夜はたまたま起きていたのだろう。

昨晩はもしも彼女が眠りに就かなければ、きっと己の欲望を身勝手に突き入れていた。

——だが、寝付けない理由があるはずだ。

そしてそれを彼女は話そうとしない。頑《かたく》なに口を噤んでいる。

彼女が本当にアシュリーとなにかあるのだとは思っていない。アシュリーと話をするローズマリーの表情は常に硬く、警戒しているようだった。ハーブの生育について話をしていたのならばもっと朗らかなはずだ。

なぜ真実を話してくれないのだと腹立たしくなって、あのようなことをしてしまった。感情のまま、意地の悪いことばかり言った。当たり散らしたようなものだ。

――嫌われたかもしれない……。

ジェイラスはとたんに青ざめて、執務机に肘をついたまま頭を抱える。すると、部屋の中にいた側近のひとり――長く王家に仕える老年の男性――が「コホン」と小さく咳払いをした。暗に「早く机上の書類を決裁せよ」と言っている。

このあとも有力貴族との面会が夜までみっちり詰まっている。次期国王に指名されてからというもの、国内外を問わず貴族からの面会の申し入れが跡を絶たないのだ。

側近は「いまがピークでしょう」と言っているので、これを乗り切れば少しは日中、ローズマリーと過ごす時間が取れるかもしれない。

そのためにはまず目の前の仕事だ。そうして黙々と執務に励むジェイラスのもとへ侍従がやってくる。

「フリント公爵からの回答書でございます」

「ああ」と答えながら書類を受け取る。栄誉勲章について法改正の同意を得られていないのはフリント公爵だけだった。彼には再三に亘り同意を求めているが、なにかと理由をつけてことごとく断られている。

――どうすればフリント公爵を納得させられる？

なにか彼の利になる提案をしなければならない。ずいぶんと模索しているが、答えが出ないまま今日《こんにち》に至っている。

それから一週間後。執務室の扉が外側からノックされ、「ガードナー侯爵夫人がお見えになりました」という侍従の声が響いた。

「ご多忙のところ申し訳ございません、殿下。ローズマリーのことでご相談があり参りました。ほんの数分、お話しさせていただいてもよろしいでしょうか」

剣の師であるガードナー侯爵の夫人、グレタが口早に言った。

「ええ、もちろん」

彼女には幼少期から世話になっていた。ガードナー侯爵はなににも負けない屈強な男性だが、この夫人にだけは頭が上がらない。

「ローズマリーがなにか？」

ジェイラスは執務椅子から立ち、そう尋ね返した。グレタにはソファに座るよう促したが、彼女は首を横に振る。

「どうぞ殿下はそのままで」と、もとの椅子に座るよう言われる。ジェイラスがふたたび執務椅子に腰を下ろすなりグレタが口を開く。

「恐れながら申し上げます。ローズマリーはホームシックなのではないでしょうか」

「ホームシック……？」

思いもよらぬグレタの発言にジェイラスは呆然とする。

「ローズマリーはこのところなにをするにも上の空なのです。城へ来たばかりの頃は日夜王妃教育に励んでおりましたので、故郷を懐かしむ暇などなかったと思いますが、教育が一段落して時間に余裕が出てきたことでかえって、そういう想いが膨れ上がっているのではないかと……。殿下もしばらくはご多忙のようですから、この機会に少しのあいだだけ……そうですね、二週間ほどローズマリーをメルヴィル伯爵領へ里帰りさせてはどうでしょうか?」

「だ……っ」

ジェイラスは「だめだ」と言いかけたが、なんとか堪えて一呼吸置き、思案する。

――そう言われてみれば……。

ローズマリーが上の空だということについてはジェイラスにも心当たりがあった。

現在、唯一顔を合わせることができるのは朝食のときだが、どこかよそよそしいのだ。あの夜のことはすでに平謝りしている。そのときローズマリーは頬を赤く染めて「どうかお気になさらないでください」と言った。あの夜のことを怒っているわけではなさそうだった。

機嫌が悪いのとも違う。ただ、こちらに気を遣っているような態度だ。

もっとじっくりとローズマリーと向き合って話をしたいが、まとまった時間が取れるのは夜だけだ。彼女の寝室に行けばまた理性が吹き飛ぶかもしれない。かといって深夜に彼女を執務室やサロンに呼びだすのはどうかと思う。

そういうわけでずるずると、ふたりきりで話す機会を逃し続けている。

——もうあと少しすれば、彼女の胸中をゆっくりと聞けるはずだ。

要人との面会は日に日に減ってきている。あと二週間もすればかなり違うはずだ。それまでローズマリーを実家に帰すというのは、良案かもしれない。

王城へ来てからの彼女の生活は一変した。彼女は我慢強いところがある。もしかしたら「実家に帰りたい」と言いだしにくいのかもしれない。

一週間前のことを深く反省していたジェイラスはグレタに「わかりました」と返事をした。

「ありがとうございます、殿下。それではさっそくローズマリーに伝えます」

ジェイラスはこくりと頷く。本音を言うと、まったくもって伯爵領には帰したくない。

——だが里帰りをすることがローズマリーのためになるのなら……。

ここは我慢だ。

翌朝、さっそく帰ることになったローズマリーを、公務の合間を縫って見送りする。

馬車の前でローズマリーに、ジェイラスはなんとかして笑顔を取り繕って「羽を伸ばしてくるといい」と、言葉を絞りだした。

「ありがとうございます、ジェイラス様」

ローズマリーはどこか申し訳なさそうな顔でふわりと笑い、馬車に乗る。

走りだす馬車をずっと見送っていたかったが、側近から「議会の時間でございます」と急かされた。

夕方、執務室に帰ってくると侍従が手紙の束を抱えてやってくる。いつものことだ。差出人を確かめていく。

――ん？　メルヴィル伯爵からだ。

ローズマリーは伯爵領へと出発したばかりだから、彼女に関することではないだろう。だが急を要する内容かもしれない。

他貴族からの手紙は捨て置き、メルヴィル伯爵家の封蠟――クマの顔が描かれている――を外す。中身に目を通し終わると、両手に力が入ってしまい紙の端がくしゃくしゃになった。

手紙の内容は、ローズマリーの妹デイジーが常用している塗り薬のアトケをフリント公爵に買い占められ、挙げ句ジェイラスとの婚約を解消するようにと要求されたというものだった。

ジェイラスはふとアシュリーのことを思いだした。彼はフリント公爵の甥《おい》だ。

――なるほど、つかめてきた。

アシュリーがローズマリーに近づいたのはフリント公爵の差し金に違いない。

ジェイラスは憤然と椅子から立ち、フリント公爵の執務室へ向かった。挨拶もそこそこに公爵を詰問する。

「アトケに関して質問があります。いったいどういうおつもりですか。不法な買い占めではないですか！」

ルノエでは、国の要職に就く者は秩序を乱す行為をしてはならないと法で定められている。アトケを買い占めた行為は国内の流通を混乱させる違反行為だ。フリント公爵がアトケを独占したことで、必要としている人に行き渡らない。

ところがフリント公爵は素知らぬ顔で答える。

「いいえ、すべて必要ですよ。孤児院に寄付するのです。アトケは高価な品物ですからね、孤児院の者たちにはとても手が出ないでしょう？　これはノブレス・オブリージュの一環だ。それよりも殿下。一度ゆっくりと話をいたしませんか。私の娘も交えて」

「……ええ、機会があれば。今日は失礼します」

ジェイラスはフリント公爵に背を向けて歩きだす。これ以上、彼と話をしていても埒《らち》が明かないと考えてのことだ。

ジェイラスは執務室に戻るなり側近に命じて孤児院で薬がどう扱われているのかを調べさせた。老年の側近はすぐに調べ上げ、「必要な場合は寄付を募って確保しているとのこと。薬が不足しているわけではない」と報告してきた。それなのに一方的に寄付しようというのか。

ノブレス・オブリージュだとしても、妥当でなければただの偽善だ。そもそも、フリント公爵は本当に寄付をするつもりがあるのだろうか。

フリント公爵の行動はルノエ国では探りにくいところがある。ルノエ国には派閥があり、父親である現国王はフリント公爵に肩入れしている。第一王子、第二王子派だった者たちはすでにこちら側へ鞍替《くらが》えしているので、対抗勢力としては現国王を後ろ盾にしているフリント公爵派のみだ。

父王はフリント公爵の従姉を三番目の側室に迎えている。子はいないので王位継承には関係しなかった。

――父上が国王を退位すればフリント公爵は実質的に後ろ盾を失う。

それで、自分の娘を王妃に据えたいのだろう。

フリント公爵にしても国王と同じで老年だ。もう充分すぎるほど国政に参画し貢献してきた。仕えてきた王とともに国政から退き、これからはのんびりと気ままな余生を送ったほうがよいのではないかと思ったが、こんなことを周囲に漏らせば異母兄たちのように「老いた王や忠臣は不要だと考えている」などと騒ぎ立てられそうなので口外はしない。

もちろん一概に老年者が不必要だと思っているわけではない。次期国王に指名されて以来、仕えてくれるようになったこの白髪頭の側近はなにをするにも仕事が早く優秀だ。まだまだ現役でいてもらいたい。

——なんにしても、アトケを盾にメルヴィル伯爵を脅して婚約解消に追い込もうとするフリント公爵は看過できない。

ジェイラスはオルグラナの王太子レイモンドに手紙を出し、アトケの確保を要望した。同時に、フリント公爵の動向を探ってほしいと頼む。

メルヴィル伯爵からは、フリント公爵の手紙を脅迫の証拠品として送ってもらう。証拠品なので、然《しか》るべき機関を経由する。手元に届くまでに少し時間がかかった。

フリント公爵がメルヴィル伯爵に宛てた書状には「ジェイラス殿下に気づかれないように婚約解消を申し入れれば公爵位嫡男との縁談を世話し、王都に所有する領地の一部を分け与える」と書かれていた。

要約すれば「メルヴィル伯爵家を栄誉勲章の叙勲対象にし、娘は高位の貴族と結婚させてやろう」ということだ。これは、メルヴィル伯爵家にとって悪い条件ではないだろう。

——それでも伯爵は俺に相談してくれたのか。

遠い地にいるメルヴィル伯爵に心から感謝する。彼は伯爵家の利益よりも娘の幸せを優先してくれたのだ。

——いや……『なにがなんでも幸せにしてくれ』と、伯爵に託されたんだ。

ローズマリーが「もう嫌だ」と言わないかぎり、ずっとそばにいてもらい、幸福で満たしていくことを、ジェイラスはあらためて決意する。

その後の調査で、フリント公爵はアトケを転売していたことがわかった。あわせて、イザベルがローズマリーに「まだ荷物をまとめていないのか」だとか「婚約解消の動きがある」と吹き込んでいたことも、だ。

そしてグレタから、「ローズマリーは婚約が解消されてしまうのでは」と不安がっていたこと、イザベルにはっきりと「王妃にふさわしいレディになる」と宣言したことを聞いた。

——俺の知らないところでそんなことがあったのか。

フリント公爵がいるかぎり、メルヴィル伯爵家の栄誉勲章の叙勲は難しいだろう。仮に栄誉勲章の件が片付いても、フリント公爵が城に居座っている状態ではローズマリーの気が休まらないに決まっている。

イザベルの言動も度が過ぎている。ローズマリーの害になる者を一方的に排除するのでは彼女のためにならない——ローズマリーが自分自身で解決すべき問題もある——とわかってはいるが、フリント公爵にしてもイザベルにしてもやり方が姑息《こそく》すぎる。

ローズマリーはこれまで懸命に耐え、ひとりで思い悩んできたのだ。なぜ相談してくれなかったのだと思う気持ちはある。

——俺の立場を慮って、言えなかったんだろうな……。

ローズマリーは優しすぎる。

――とにかく、フリント公爵親子は一刻も早く排除するべきだ。

エメラルドの瞳が仄暗《ほのぐら》さを帯びる。父親と懇意にしているとはいえフリント公爵はもはや害悪でしかない。

ジェイラスはフリント公爵を追及する準備を進め、満を持して議会を迎える。アトケを不法に買い占めて転売したこと、メルヴィル伯爵を脅迫したことをフリント公爵に問う。

「メルヴィル伯爵へ宛てた書状をなぜ殿下が……！」

驚愕《きょうがく》しているフリント公爵の顔はなかなか面白かった。自分がメルヴィル伯爵に提案した内容によほど自信があったらしい。

「これは、フリント公爵が脅迫を行った証拠品として、正式な手続きを経てメルヴィル伯爵から提出されたものです。ゆっくりと話をしましょう、フリント公爵。以前、そうおっしゃっていましたよね。イザベル嬢がローズマリーになにを言ったのかも含めて、この場で徹底的に追及させていただきます」

不敵にほほえむジェイラスを見て、フリント公爵は顔を青くして口元を引きつらせた。

「……リー、ローズマリー？」

「は、はいっ」

ローズマリーは顔を上げ、向かいのソファに座っているグレタ——怪訝《けげん》そうに眉を顰めている——を見た。

「あなた、最近どうしたの？　なにをするにも上の空じゃない」

「……申し訳ございません」

しゅんとして俯くローズマリーを見て、グレタは静かに息をつく。

「……そうだわ。少しのあいだメルヴィル伯爵領へ里帰りをするのはどう？」

「えっ？」

「王妃教育はもうほとんど済んでいるのだし。久しぶりにご家族に会いたいのではなくて？」

そう言われてローズマリーはすぐに「はい」と返事をした。デイジーのことが気になって仕方がない。

「やっぱり！　このところご実家からよく手紙が届いているようだから、そうではないかと思っていたの。じつは私も、挙式の前にはそういうことがあったの。見知らぬ土地へと嫁ぐレディにはよくあることだそうよ」

いかにも「納得だ」というようすでグレタは頷いている。

「だからあなたも一時的に……そうね、二週間ほど実家に帰してもらえるよう、さっそくジェイラス殿下にお伺いを立ててくるわ」

グレタが立ち上がる。

「いえ、あの……グレタ様のお手を煩わせるわけにはまいりません。それに、このお城へ来てから殿下やグレタ様をはじめ皆様によくしていただいていますので、やはり実家に帰るわけには……」

いくらグレタに提案されたからといって、ふたつ返事で「実家に帰りたい」などと主張するべきではなかった、とローズマリーは反省する。

「あら、いいのよ。あなたは充分、皆の期待に応えているわけだし。殿下には私が上手く言ってあげるから、少し待っていなさい」

そうして部屋を出ていくグレタをローズマリーは見送るばかりだ。間もなくして戻ってきた彼女の晴れやかな顔を見れば、メルヴィル伯爵領へ帰ることが承諾されたものとすぐにわかった。

彼と離れたくない気持ちはあるが、いまはとにかくデイジーのことが心配だ。

メルヴィル伯爵領へと出立する日、ジェイラスはわざわざ見送りに来てくれた。里帰りをする期間は、移動にかかる日数も含めて二週間だ。

二日かけて王都からメルヴィル伯爵領へ行く。車窓から薬草園が見えると、とたんに懐かしさが込み上げてきた。

馬車を降りるなり大きく息を吸い込む。メルヴィル伯爵領を後にしたときには咲いていなかった花もたくさんあった。よい香りが充満している。

ローズマリーは人目がないのをいいことに駆けだす。薬草園を走りまわり、息を弾ませた。

ふとガゼボが目に入った。ジェイラスと過ごした日のことを思いだすと、哀愁に襲われる。ローズマリーは邸へ向かってとぼとぼと歩いた。

メイドが「お帰りなさいませ、お嬢様」と出迎えてくれる。ずっと玄関で待っていてくれたのだろうか。先に薬草園へと行ってしまったことを申し訳なく思った。

家令が「旦那様はただいまご不在です」と教えてくれる。ローズマリーが一時的に帰省することは先に報せがいっていたが、商談かなにかで留守なのだろう。

「デイジーはいるかしら？」

メイドが「いらっしゃいますよ」と言うのと、デイジーが廊下の角から顔を出したのは同時だった。

「お姉様！」

デイジーが抱きついてくる。ローズマリーは妹を抱きしめ返したあと、給湯室へ行ってハーブティーを淹れた。もう何十年もそうしていなかったように思えてくる。

サロンにはケーキや果物が揃えてあった。ローズマリーはテーブルを挟んでデイジーと向かい合う。

「お姉様は王妃教育でお忙しいのではなかったの？」

「一段落ついたのよ。それで、あなたやお父様の顔が見たくなって帰ってきたの」

「そうだったの。私もお姉様に会いたかった。でも……お姉様？　本当に私たちの顔が見たかっただけ？　なにか隠し事をしていない？」

デイジーの言葉に、ローズマリーは両肩をびくりと弾ませる。

「私はお姉様のことだったらなんでもわかるんだから。……けれど、私はきっともう一番じゃない。お姉様のことはジェイラス殿下が一番よくわかっていらっしゃるわ。だから隠し事をしてはだめ。私のことを心配して帰ってきてくれたのはわかってる。すごく嬉しい。でも、お姉様はお姉様の幸せを一番に考えてほしいの」

「デイジー……」

父親からの手紙には、アトケのことはデイジーには伏せていると書かれていた。デイジーを心配して帰ってきたことを彼女は知らないはずなのに、相変わらず妹は聡《さと》い。しかし、父親の承諾なしにはデイジーに本当のことは話せない。

「……ありがとう。あなたの言うとおり、ただ顔を見にきただけではないわ」

ふと物音が聞こえたので窓辺に立つ。邸の中に馬車が入ってくるのが見えた。きっと父親だ。

「お父様と話をしたら、また来るわね」

サロンを出て、父親の執務室へ向かう。その途中で父親と遭遇した。

「おかえり、ローズマリー」

「はい、お父様。邸に戻られたばかりのところ申し訳ございません。アトケのことですが、デイジーには……」

「ああ、そのことだが」と、父親が言葉を被《かぶ》せてくる。

「じつはジェイラス殿下とおまえに手紙を送っていたんだ。おまえとは行き違いになってしまったがな」

「それはどのような内容でしょうか?」

「フリント公爵から、アトケと引き換えにおまえと殿下の婚約を解消するようにと手紙が来た」

ローズマリーは口を開けたまま動けなくなる。

「アトケの提供だけでなく、フリント公爵が所有している王都の土地を分け与えるとも」

「で、では……お父様は婚約を解消するという手紙をジェイラス様に送られたのですか?」

「まさか! おまえに無断でそんなことはしない。ジェイラス殿下にもありのままを伝えただけだ」

ほっとするものの、すぐに別の不安に襲われる。

「ですがそれではジェイラス殿下にご迷惑がかかってしまいませんか？」

「そうかもしれないが、フリント公爵が相手となるともう、殿下に頼るよりほかに道がない。……彼と結婚したいんだろう？」

大きく頷くことでローズマリーは父親に固い決意を示す。

「大丈夫だ。彼ならきっとうまくやってくれる。まあ、父親としては……娘婿に頼るのは不甲斐ないし、以前おまえに宛てた手紙では『なんとかする』と宣言したのに情けない話ではあるが……」

肩を竦める父親に、ローズマリーはなにも言えなかった。

二日後、ジェイラスから手紙が届く。それには「なにも心配せずに待っていてくれ」と書かれていた。

流麗な文字で綴られた『愛している』という文字を指で辿る。彼と離れてまだ数日だというのに、せつなさが込み上げてくる。

ローズマリーはデイジーの部屋へ行き、「ちょっと気がかりなことがあったのだけれどもう大丈夫」と告げた。妹には疑うような目を向けられたが、「お姉様がそこまでおっしゃるのなら」と、深くは訊かないでくれた。

メルヴィル伯爵領での日々は穏やかに過ぎていく。

――王都を出て、もうじき二週間……。

ローズマリーは薬草園を散歩していた。ひとりきりになるといつもジェイラスの顔が浮かぶ。会いたくて、たまらなくなる。

――もうお城へ戻ろう。

充分すぎるほど実家でぬくぬくと過ごした。予定を繰り上げて、王都へ発つ準備をしようと踵《きびす》を返したときだった。

馬の蹄《ひづめ》の音が聞こえた。振り返ろうとするも、強い風が吹いて目を開けていられなくなる。

爽風に身を揺らすハーブの向こうに、いま最も会いたいと思っていた人の姿がある。その人はローズマリーを見つけるなり馬から降りて、その手綱を木の幹に預けた。

「……ジェイラス様！」

回り道をしてハーブの花壇を避け、彼に駆け寄る。その勢いのまま抱きつく。

「お会い、したかったです。とても」

「それは俺の台詞《せりふ》なんだが」

ジェイラスは頬を赤くし、照れたようすでそう返した。ふたりはしばらく抱き合っていた。しだいに落ち着いてきたローズマリーは、彼は到着したばかりなのにはしたないことをしてしまったと思い至り離れようとする。

「も、申し訳ございません。私ったら……」

だが離してもらえない。前にも――レッドフォード侯爵領の森へ行ったとき――こんなことがあった。

「まだ……もう少しだけ、きみとくっついていたい」

頭や頬を撫でられる。目を閉じればいっそう彼の温もりを堪能できる。

――すごく落ち着く……。

そう思っていたはずなのに、腰を撫でられるとたんに体がぞくぞくと粟立《あわだ》ち、ドキドキと胸が高鳴って落ち着かなくなる。うっとりとした顔で頬や唇を撫でられればなおさらそうだ。

指で触れられた箇所が熱くなるのを感じながらローズマリーは問う。

「あの、ですがどうしてこちらへ？」

「一区切りしたから迎えにきた」

ジェイラスが翡翠の双眸を意味ありげに細くする。

「と、いうことは……」

「ああ、決着がついた。これまで、フリント公爵やイザベル嬢に脅されて辛かっただろう。もう大丈夫だ」

「……っ！」

礼を述べたいのに、頭の中にある言葉が声として出てきてくれない。

「だが急に来てしまって……その、伯爵領で羽を伸ばすといいと言った手前どうかとも思ったんだが……」

ジェイラスはばつが悪そうに頬を掻いている。ローズマリーはしきりに首を横に振る。

「来てくださって本当にありがとうございます。あっ、でも……よろしかったのでしょうか、お城でのご公務のほうは」

「問題ない。要人との面会はほとんど済んだし、書類仕事もすべて片付けてきた。それに俺はまだ騎士団長の任を退いていないから、メルベースに寄るというちょうどいい名目もあるしな」

いたずらっぽくウィンクするジェイラスを見てローズマリーは目を細めて笑う。実質的には兄のノーマンが騎士団長を務めているが、兄が正式に就任するのはジェイラスが国王に即位する直前だ。

「さて、話さなければならないことがたくさんある。きみの父上も交えて」

ローズマリーは神妙な面持ちで頷く。

「ではどうぞ応接間へ」

「ああ。ところで今日はこのままメルヴィル邸に泊まってもかまわないか？　きみの帰城も明日の予定だったよな」

「はい。ジェイラス様には本当に、何度お礼を申し上げても足りません」

ジェイラスは微笑して馬のもとへ歩き、馬の背にあった荷物を肩に掛けた。宿泊の荷物にしては少ないし、そもそも衣類など必要なものは伯爵邸に用意がある。

「ジェイラス様、そのお荷物は？」

それには答えず、ジェイラスはにっと笑うばかりだ。

応接間ではローズマリー、ジェイラス、父親の三人で話をした。

「メルヴィル伯爵、どうぞこれを」

ジェイラスは抱えていた袋の中身をテーブルに出す。

「これは……！」

父親が驚嘆するのは無理もない。ローズマリーも同様に驚いていた。アトケが半年分はあるだろうか。

「オルグラナの友人から送られてきたものです」とジェイラスが言うなりローズマリーは父親と声を揃えて「ありがとうございます！」と礼を述べた。

「いますぐに代金を」と、父親は部屋の壁際に控えていた執事に目配せをして代金を用意させようとしたが、ジェイラスはそれを丁重に断った。

「殿下には本当に、なにからなにまで頼りきりで」

父親が申し訳なさそうに俯く。

「いいえ、とんでもない。頼っていただけることが嬉しいです。それに、ローズマリーを妻に迎える身としては、まだ足りないくらいだ」

先ほどローズマリーが言ったのと同じ言葉を紡ぎながら、ジェイラスは優しい視線を向けてくれる。

「それで、フリント公爵の処遇についてですが……」

フリント公爵を議会で詰問した結果、宰相職を辞することになり、数日中に王城を去るのだと聞かされた。

「ですが、伯爵が訴えを起こされるのであれば宰相職の辞任だけでなく監獄へ送ることもできます」

「いいえ、そこまでは……。こうしてアトケも頂戴したわけですし。それにフリント公爵は国王陛下と懇意だったはず」

「……ええ。じつは父上にはフリント公爵の酌量を求められました。あまり事を荒立てないでほしい、と」

「やはりそうですか。でしたら、これ以上はけっこうです。もう充分ですよ」

朗らかに笑う父親を見て、ジェイラスは何事か言いたげにわずかに口を開いたが、続く言葉はなかった。

ジェイラスがメルヴィル伯爵邸にやってきた日の夜。ローズマリーは彼に「おやすみなさい」を言うため、ネグリジェの上にナイトガウンを羽織ってゲストルームを訪ねた。

「待ってくれ。少し話そう」

扉の前で挨拶して去るつもりが、ジェイラスに部屋の中へと引き込まれる。そしてどういうわけか、ソファではなくベッド端で彼の膝に乗っているという状況だ。

——お話をするのよね⁉

後ろからしっかりと抱き込まれ、これでは話どころではない。ジェイラスは戸惑うローズマリーの頭を撫でて頰ずりをする。

「……今回のことだが」

彼が息を吸うのがわかった。

「きみは優しいから……俺のことを考えて、口を噤んでいたのはわかっているつもりだ」

耳元で響く、穏やかな声。

「だが、俺を信じてほしい」

ローズマリーは振り返って彼の顔を見る。ジェイラスの哀《かな》しげな表情を目の当たりにして胸が締めつけられる。

「……っ、私……」

婚約が解消されるかもしれないと不安に思っていることを悟られたくなかった。そしてそんな相談をすれば、彼はどう思うだろうとずっと気になっていた。フリント公爵と対立させてしまうようなことがあれば、彼が窮地に追い込まれるのではないかと心配した。しかしそれは、彼の実力を疑っていたということ。

つまり、信じていなかったのだ。最愛の人のことを。

——臆さずにきちんと話すべきだったのだわ。

とたんにさまざまな感情が込み上げてきて瞳が潤む。淡褐色の瞳を覆った水の膜はすぐに外へと零《こぼ》れ落ちて、大粒の涙になる。それを見てジェイラスは慌てたようすで「すまない、違うんだ」と言う。

「責めているわけじゃない。ただ……」

まるで壊れ物に触れるように、両頬を手のひらで覆われる。

「夫婦になるのだから隠し事はしないでいたい……と、思う」

指でそっと涙を拭われる。

「いや、まあ……あれだ。きみに内緒で城の庭にハーブを植えた俺が言うのもおかしいが」

ジェイラスは視線を泳がせて頰を掻く。

「時と場合によるというか……もちろん、互いに知らないほうがよいことだってあるのかもしれない。だが俺は……嫌だ。大事なことはすべて、きみと共有していきたい」

ローズマリーは一呼吸置いたあとで「私もです」と答える。

「打ち明けることができず、申し訳ございませんでした」

「いいんだ。謝る必要はない。だが、そうだな……何事も正直に話す訓練は、必要だな」

口の端を上げてジェイラスは破顔する。

――どうしてそんなに楽しそうなのかしら。

ローズマリーはいまだに濡れている瞳でぱちぱちと瞬きをした。彼の考えていることがわからない。

「訓練を受けるか？」

「は、はい」

ジェイラスはますます嬉しそうな顔になってローズマリーをベッドに押し倒し、淡いライラック色のシルクタフタのナイトガウンの腰紐《こしひも》を解き、白いネグリジェの裾を捲り上げていく。

「では俺がいまからすることに対して正直な感想を述べてほしい」

ドロワーズのクロッチ部分を左右に退けられ、そっと花芽を押される。

「ひゃっ、あぁっ……！」

ジェイラスはそこを目にせずとも的確に珠玉を指で嬲る。快い刺激が肢体に広がっていく。花芯の端から端までを何度か指で往復されれば、蜜壺は惜しみなく愛液を零す。

ぬめりけを帯びた指が加速していく。素早い動きで花芽を弄ばれる。

「ふぁ、あっ、うぅ……っ」

もたらされる快感に悶《もだ》え、ローズマリーは『訓練』のことをすっかり忘れていた。ジェイラスはローズマリーの太ももを押し上げると、足の付け根に顔を寄せた。

「……っ、あの……?」

目を白黒させながら彼を見る。ジェイラスはさも当然のことのように秘め園へと顔を近づけていき、赤い舌を出す。

「んんっ、あっ」

驚く暇《いとま》もなく、舌が濡れ莢を一舐めする。そうして触れられたのはごくわずかな箇所だというのに、足の先から脳天までを逆撫《さか》でされたような心地になった。

「……いまの気持ちは?」

彼が、口の端を上げて問いかけてくる。ローズマリーは口を開けたもののすぐには言葉を返せず、声もなくぱくぱくと動かすだけになった。

――訓練なのだから！　正直に言わなければ……。

もう同じ過ちは繰り返したくない。彼に全幅の信頼を寄せ、なんでも包み隠さず打ち明けようと思っていることをはっきりと示したい。そのためには、彼の問いに答えなければ。恥ずかしがっている場合ではないのだ。

ローズマリーは「すう、はあ」と息を整えることで気持ちを吐露する準備をする。しかしジェイラスはそのあいだも舌を休めることなく、秘裂の上で蛇行させはじめた。

「ひっ、うぅっ……あ、あっ」

舌は初めこそ遠慮がちに表皮を舐《ねぶ》っていたが、しだいに裂け目の中へと侵攻していく。舌先が花芽をつつき、くすぐるように——あるいは焦らすように——芽のまわりを一周する。

「あぁっ……！」

意思とは無関係に腰が揺れてしまう。誘うように身をくねらせるローズマリーを見てジェイラスはうっとりと息をついた。それから、言葉を促すようにじいっと見上げる。

——そ、そうだった。気持ちを言う訓練なのだったわ。

ローズマリーはしきりに深呼吸をする。しかし呼吸は整うどころか、荒くなるいっぽうだった。

結局は息も絶え絶えに言葉を絞りだすことになる。

「あ、うっ……き、気持ちがいい、です。ジェイラス様の……舌が、ざらざら……していて……す、すごく……！」

するとジェイラスは眉間に皺を寄せて口角を上げた。恍惚とした顔で「たまらない」と呟き、目を伏せて舌での愛撫《あいぶ》を再開する。

花園の溝を抉《えぐ》るように舌先はしきりに珠玉の周囲をまわる。なかなか核心には触れてこない。もどかしさで、おかしくなってしまいそうだった。

「ジェイラス、様……。はや、く……」

自分がなにを言っているのか、もはやわからない。わかっていたらそんなことは言わなかっただろう。

ジェイラスは「よくできました」と言いたげに笑ったあとで口を窄《すぼ》め、ぷっくりと膨らんでいる肉粒をちゅうっと吸い上げた。

「あぁぁあっ！」

絶叫し、両手両脚をぶるぶると震わせる。快感は一瞬で弾けて、しかしすぐにまたうねるような享楽が湧き起こる。ジェイラスはローズマリーが達してもなお舌で花核を嬲っていた。たびたび吸い上げられ、じゅっ、じゅうっと卑猥な水音が立つ。

「ふっ……ぅ、ああっ……」

彼の舌や唇は先ほどから花芽ばかりを責め立てて、そのすぐ下にある蜜の零し口にはまったく触れようとしない。

それでも、内側からどんどん蜜が溢れていくのが感覚でわかった。それはまるで物欲しくてよだれを垂らしているようだと思い至ると、恥ずかしさでいっぱいになり呼吸がままならなくなる。

淫唇をべろりと舐め上げたあとジェイラスは身を起こし、荒く胸を上下させるローズマリーのネグリジェと、その中に着ていた綿素材のシュミーズの前ボタンを次々と外していった。

「ん、う……」

胸元がはだけて乳房が露わになっても焦りを感じない。ほんの少し前まで、胸を晒すのには少なからず抵抗があったはずなのに……と、ローズマリーはすっかり快楽に溺れた頭で考えた。そうして、むしろ触ってもらいたかったのかもしれない、と自身を恥じる。

耳まで赤くしているローズマリーを、ジェイラスは注視しながらふたつの膨らみを両手で摑んだ。すぐにふにゃりと形を変えた乳房の先端を指のあいだに挟んで揺さぶる。

「あっ、ん……はぅ、う」

胸のいただきは彼の指に挟まれているだけで、じかに触れられているわけではない。それなのに硬く尖りきっている。

ジェイラスが胸を揉み込むと、薄桃色の棘はぴんっと勃ち上がったまま小躍りする。そのようすを彼が見つめている。

「や、ジェイラス様……！」

両手を彼の目の前にかざす。

「ん……なんだ？」

「あ、あんまり……見ないでください。すごく……恥ずかしい、です。……ん、んっ」

隠し事はしないと決めたのだから、見ないでほしいという気持ちをストレートに伝えても許されるはずだとローズマリーは開き直った。

「見えないと、手探りになるから加減ができなくなるな」

本気なのか冗談なのか、どちらともつかない調子でジェイラスが言った。いきなりきゅうっと胸の蕾をつまみ上げられる。

「ひぁあっ‼」

ローズマリーはがくんと両腕を上下させた。

硬くなっているふたつの胸飾りを指でこねくりまわされる。その動きは決して穏やかではなく性急で、がむしゃらだ。

「こんなふうに弄られるのは……嫌、か？」

快感に悶えながらローズマリーは髪を振り乱して首を振る。

「ではどんな心地だ？　できるだけ具体的に教えてほしい」

両手は彼の視界を塞いでおくことができなくなり、ベッドの上に放《ほう》ることになる。ローズマリーは涙目になりながら言う。

「ジェイラス様の指が、熱くて、速くて……気持ちがいい、です……ん、んぅっ……！」

するとジェイラスはエメラルドの双眸を細くして嬉しそうに「そうか」と呟いた。胸飾りを弄る指はそのままで、彼がふたたび身を屈める。

「……あ、ぁっ」

ドロワーズは依然として身につけたまま、クロッチ部分の布だけが退けられて開け広げになっている足の付け根に顔を埋めて舌を覗かせるジェイラスを、直視することができない。

先ほどもそうしてそこを愛でられたが、胸のいただきと同時に弄られては、いよいよ理性が吹き飛ぶくらいの快楽に呑み込まれるのではないかと思った。

「ゃっ、だめ、あぁあっ……！」

胸の蕾を引っ張り上げられながら花芽を舌で押しつぶされる。強風に吹かれたときのように、快感は瞬く間に昇りつめて果てを見る。全身がびくびくと痙攣《けいれん》した。

「は、ぁ……はぁっ……」

下腹部が蕩けているような気がした。隘路は空虚さを憂うようにぐずぐずと燻《くすぶ》っている。

「そういえばきみは体力には自信がある……と、以前言っていたな」

レッドフォード侯爵領でフライフィッシングをしたときにそんな発言をしたような気がする。

ジェイラスはほほえみながらナイトガウンを脱ぎ、その中に着ていた上衣の小さなボタンを外した。

「俺は体を動かすのが好きだと……きみも知っていると思う」

彼の言葉を心地よく思いながらこくりと頷く。それで騎士団長になったのだと、言っていた。しかしそれがいまなんの関係があるのか、二度目の絶頂を極めてぼうっとした頭では考えられない。ただ呆然と、ジェイラスが下穿《したば》きを引きおろすのを見ていた。

雄の象徴は猛り狂った獣のように天井を向いてそそり立っている。ドクンと胸が鳴った。それは緊張感とは違う。

――私、期待しているの？

そのことに気がついて愕然《がくぜん》とするものの、夫婦の営みにおいては――正式にはまだ夫婦ではないが――必要なことだと無理やり自身を納得させた。

ジェイラスはローズマリーのドロワーズを引っ張って足先から抜けさせると、左の太ももだけを押し上げ、淫唇のすぐ外から足先のほうへ向かって舌で伝い舐めた。

「ぃあ、ぁっ……！」

なんでもないところだというのに、舐め辿られると全身が快楽に打ち震える。気持ちがよくて息遣いが荒くなり、胸だけでなく腹部まで上下させてしまう。

ジェイラスの上衣は前だけがはだけて厚い胸板が覗いている。下穿きは引き下げられただけで脱げてはおらず、ベッドに膝立ちしている彼の太ももの下でもたついていた。

いっぽうローズマリーのネグリジェとシュミーズのボタンはすべて外されており、下半身にはなにも身につけていない。半端な恰好だが胸や下肢は丸見えだ。

互いに完全に裸ではないのに秘所を晒し合っていることがひどく淫靡《いんび》に思えてならなかった。

彼の両手が素肌の上を這う。左手は膨らみや脇腹、鎖骨を撫で、もう片方の手は足の付け根を摩った。

――ジェイラス様……どうして？

淫茎はすでに大きく膨らんだ状態なのに、ジェイラスはそれをなかなか女壺に挿し入れようとしない。

くわえて、隘路には少しも触れられていないせいか、疼きは最高潮に達していた。

手の甲を唇に押し当てて腰をくねらせるローズマリーを見下ろしてジェイラスは息をつく。陽根は狭道への入り口を掠めるだけだ。

「ローズマリーはどうしたい？」

静かな声音で尋ねられた。ローズマリーはぴくんっと、胸の前に置いていた両手を跳ねさせる。

どうやら『何事も正直に話す訓練』はまだ続いているらしい。

ローズマリーは視線をさまよわせる。言葉にするのはためらわれる。そうして逡巡しているあいだもジェイラスは急かすように雄杭の先で花芽をくすぐってくる。

これはあくまで訓練であって、意地悪をされているわけではないのだとローズマリーは自身に言い聞かせ、赤い顔を両手で覆って懇願する。

「ほし……い、です。ジェイラス様……！」

——ああ、言ってしまった。

羞恥心の度が過ぎる。なにもかもが熱い。早く内側を掻き乱してほしいなどと思ってしまったことまでは、とてもではないが口には出せなかった。隠し事をせず正直にいなければと思う反面、そこまで吐露していてはきっと全身が羞恥で焦げ、跡形もなく消えてしまう。

ジェイラスは嬉しそうに、それでいて満足げに笑ってローズマリーの頬を撫でる。

「俺だってきみがほしい」

欲を纏った優しい眼差《まなざ》しだった。片脚だけを持ち上げられたまま、彼との繋がりを持つ。雄根が湿潤な隘路に沈み込んでいく。蜜壺はぐちゅ、ちゅっと歓喜の悲鳴を上げながら彼を受け入れる。

狭道の中ほどまで来ると、なにか思いだしたように雄根は入り口まで引き返していった。

「ふっ……ぅ、んんっ……」

内側の具合を確かめるように、淫茎は浅いところをじっくりと往復する。

緩慢だというのに、彼が動くたび快感は増していく。比例して、発する声も大きくなっ

ていく。

「あっ、あぁっ……！」

いつの間にかベッドに横たわる体勢になっていた。片足を上げて、彼とひとつになっている。雄杭を押し引きされると、「もっと」とねだるように体がうねった。


メルヴィル伯爵領を出て王城に戻ると、ジェイラスは留守にしているあいだに溜まった書類仕事に追われているようだった。

くわえて、国王即位に向けて多忙を極める中で栄誉勲章授与も同時に進めているので根を詰めているようだとグレタから聞き及んだローズマリーは「私もなにかしたい」と思い立ち、ジェイラスの執務室からほど近い給湯室で侍女と一緒にハーブティーを淹れた。

「夜中に申し訳ございません。もしよければハーブティーを飲んでいただけたらと……」

「ああ、ありがとう」

執務椅子に座っていたジェイラスはティーカップを受け取ると、中のハーブティーを一気に飲み干した。喉が渇いていたらしかった。

「王都に居を構えていなければ栄誉勲章が叙勲できないという馬鹿げた法の改正に少々手間取っている」

法改正に関わることだから、他人任せにはできないのだろう。

「これからも時々こうしてハーブティーを淹れさせていただいてもよろしいですか？」

「俺はもちろん大歓迎だが、きみが寝不足になってしまっては困るから無理はしないでほしい。それから……城の中を一人歩きはしないこと」

「わかりました。それでは、お邪魔しました」

「……いや、待ってくれ。ここに座ってほしい」

ジェイラスが膝の上を叩く。

「えっ……ええと、ジェイラス様の……お膝の上に？」

尋ねれば、彼はこくりと頷いた。一緒に来た侍女は部屋の外で待っているので、ここにはほかにだれもいないとわかっているのに、ついあたりを見まわしてしまう。

「失礼、します」

ジェイラスの脚に横向きで座る。すぐに両腕がまわり込んできて、ぎゅうっと抱きしめられた。

「……重いでしょう？」

「いいや、まったく」

まるで眩《まぶ》しいものを見るようにジェイラスは目を細くする。

「人心地ついた。ありがとう、ローズマリー」

唇にキスを落とされる。ほんの一瞬、触れるだけの優しいくちづけ。

もっとしてほしいと思ってしまったことが恥ずかしくて、ローズマリーは目を伏せた。


美しい月夜のこと。

「ローズマリー様、今夜は殿下にハーブティーをお淹れになっては?」

侍女に提案された。彼女はごく最近、世話をしてくれるようになった新人の侍女だ。

「そうね。付き添いをお願いできる?」

「はい、もちろんです」と、年若い侍女はにっこりと笑う。

侍女と一緒に給湯室へ移動する。ジェイラスから貰ったクマの砂時計をテーブルの上に置いてハーブティーを淹れようとしていると、突然侍女が「ああっ」と声を上げた。

「殿下から伝言を預かっていたのをすっかり忘れておりました。今宵《こよい》、城の裏門へ来てほしいとおっしゃっていました」

「城の裏門へ?　どうしてかしら」

「ともに月を眺めよう、とのことです。お忙しい公務の合間の小休憩といったところではないでしょうか。さあどうぞ、お急ぎください」

「え、ええ」

侍女の先導で裏門へ行く。そこには扉の開いた馬車が待ち構えていた。月明かりと、それから馬車の四隅に提げられたランタンの明かりを頼りに馬車をよく見る。紋章はないが、立派な馬車だった。

――けれど、城で所有している馬車ではないわね。

ローズマリーはあたりを見まわす。衛兵の姿が見当たらない。

――裏側とはいえ夜中でも門を守る衛兵が常駐しているはずなのに……。

表門と違って裏門は夜勤勤めの者のために常に開いている。衛兵が一人は必ずいるはずだが、姿が見えない。

「殿下はすでに高台にいらっしゃいます。どうぞ、お乗りください」

「えっ？　待って、どういうこと？」

「高台で、ローズマリー様と一緒に月を眺めるとおっしゃっていたのです。さあ、馬車へ」

――いいえ……おかしいわ。

ジェイラスからそんな話は聞いていない。城を出て高台で月を眺めるつもりなら、事前にそのことを尋ねられたはずだ。ジェイラスはどんな小さなことだって、前もって知らせたり予定を確認したりしてくれる。

――でも、マリーガーデンのときのようなサプライズということもあるかしら……？

いや、そうだとしても、彼ならば先に高台へ行くようなことはせず馬で待っているはずだ。ジェイラスの姿がないのは、これは彼が意図したことではないというなによりの証拠である。

ローズマリーは眉間に皺を寄せて侍女を見る。この侍女は王城で働きはじめて日が浅い。

——王城勤めの侍女は身元がしっかりしているはずだけれど……。

ふとイザベルの顔が脳裏をよぎる。フリント公爵の紹介であれば簡単に王城で侍女になることができるのではないか。

——フリント公爵にとって私はすごく邪魔な存在だわ。私さえいなくなれば……と、イザベル様は常に思っていらっしゃったはず。

イザベルが教育係だった頃、ことあるごとに「城を去れ」と言われていた。

——イザベル様は……ううん。フリント公爵は、私を城から追いだすことをまだ諦めていない？

この侍女はフリント公爵の息がかかった者なのではと疑いはじめる。現に彼女は警戒するようにきょろきょろとまわりを見ている。なにを警戒しているのか、考えるまでもない。人目がないか気にしているのだ。

よく考えればわかることだというのに、なぜここまでのこのことついてきてしまったのだろう。

——逃げなくちゃ！

そうでなくては誘拐されるか、あるいは殺されてしまうかもしれない。ローズマリーは血相を変えて逃げだそうとする。

しかしそうはできない。

「……っ‼」

門の外から男性が出てきて口を塞がれ、馬車の中へと無理やり押し込められる。

「いやっ、出して！」

そう叫ぶのと、馬車の扉が閉まるのは同時だった。すぐさま馬車が走りだす。

ローズマリーは馬車の床面に座り込んだまましばし呆然としていた。馬車は凄まじい速さで進んでいる。揺れがひどい。ローズマリーは暗闇の中、手探りで壁に両手をついて立ち上がり座面に浅く腰かけた。

目を凝らして扉を探し、開けようとするものの外側から鍵が掛けられていた。もっとも、この速さの馬車から飛び降りれば怪我ではすまないだろう。

——せめて窓から顔を出すか、なにか落とすかできればだれかに気がついてもらえると思ったけれど……。

窓は外側から幕のようなもので覆われている。しかも鍵らしきものはなく、嵌《は》め殺《ごろ》しの窓だ。少しも開かない。閉めきった馬車の中で「助けて！」と声を張り上げたところできっと、馬車のけたたましい走行音にかき消されてしまう。

ローズマリーは為《な》す術《すべ》なく、真っ暗な馬車の中で頭を抱える。

——この馬車はいったいどこへ向かっているの？

もうずいぶんと長いこと走り続けている。普段ならもう寝ている時間だが、とても眠ってなどいられない。

馬車が停《と》まったので、ローズマリーは顔を上げて扉をドン、ドンッと叩いた。

扉が開くとそこにはメイド服を着た女性がいた。馬車に乗っているあいだに夜が明けてしまったらしい。

緑に囲まれた大きな邸だった。外界からなにもかもを遮断するような高い塀と、重厚な鉄の門が見える。

「お待ちしておりました、お嬢様。どうぞこちらへ」

「いいえ。私はいますぐルノエ城へ戻ります」

女性は表情を変えずに首を横に振る。

「ここは旦那様が秘密裏に所有なさっているオルグラナの別荘地です。助けはまず来ないとお思いください」

「旦那様……というのは、フリント公爵のこと？」

女性は押し黙ったままなにも答えない。

「邸の責任者に会わせて」

ローズマリーは不安な気持ちを押し隠して、毅然《きぜん》とそう言った。こういうとき、慌てたり焦ったりしてはいけないのだと兄に教わった。

「邸には私ども下働きの者しかおりません」

ということは、そこここにいる帯剣した男性たちは邸を守る傭兵《ようへい》といったところだろうか。

――私を逃がさないための見張りというわけね。

ローズマリーは大きく息を吸い込んでから口を開く。

「あなたのお名前は？」

「……ミアと申します」

「私は無理やり馬車に乗せられ、ここへ連れてこられました。誘拐されてきたのだと、わかっている？　ミア」

呼びかけると、ミアはわずかに肩を震わせた。

――こんな、威圧するようなこと本当は言いたくないけれど……いまばかりは、相手を慮っている余裕はないわ。

『有事の際こそ冷静に人の表情や動きを観察すること。自分がなにをするべきなのかよく見極めること』

これもまた兄の教えだ。メルベースにふたたび出入りができるようになったとき、ジェイラスに言われて受けた行動訓練での教訓である。

現在の最優先事項はもちろん、ルノエ城へ帰ること。そのためには、偽りでも強硬な態度を貫かなければならない。

「私が誘拐されたとわかっていてここで世話をするということは、誘拐の幇助罪《ほうじょざい》にあたる。つまり、私がルノエに帰国した際あなたは処罰の対象になる」

「わ、私はただ……旦那様の命に従っているだけです」

「そうだとしても、よ」

ミアはすっかり青ざめて顔を背ける。

「とにかく、邸の中へ。こちらです」

いつまでも玄関にいるわけにはいかない。昇りはじめたばかりの太陽を横目に見ながらローズマリーはミアについていった。

——これからどうしましょう。

ミアに案内された部屋のバルコニーに立ち、周囲を見まわす。

あらためて見ても塀は高く、とても上れそうにない。鉄の門壁は内外を覗く隙もなく固く閉ざされ、外界と遮断されている。

フリント公爵は、自分が身を隠さなければならない事態に陥ったときのためにここを造ったのかもしれない。現に彼は誘拐という罪を犯している。

これまでだって、公爵かつ宰相という立場を利用して犯罪まがいのことをしていたのではと邪推してしまう。

自分が不利な立場になった場合、他国であるオルグラナのこの別荘地に亡命できるように整えていたと考えるのが妥当だ。それならばフリント公爵がここを秘密裏に所有しているというのも頷ける。

——とにかく、どこかに逃げられそうな場所がないか探してみよう。

意気込んでバルコニーから部屋へ戻り、そのまま廊下へと出る。見張りと思《おぼ》しき傭兵がいたが、じろりと一瞥されただけで別段、声はかけられなかった。

行動を制限されないということはやはり、敷地の外へ出るのは絶望的なのだろうか。

——ううん。探してみなくちゃわからない。

そうしてローズマリーは邸の内外を何時間も歩きまわった。あてがわれている部屋に戻ってくる頃には太陽が頭の真上まで昇っていた。結局、外へ出られそうな場所はひとつも見つからなかった。

昨夜は一睡もせず、朝食もとっていない状態だったローズマリーは、ソファに座るなり目を開けていられなくなってそのまま眠り込んだ。

目覚めると体に毛布がかけられていた。ソファの下にも布団が置かれている。

――もしかして、私がソファから落ちても痛くないようにわざわざ布団を？

「お目覚めになりましたか」

壁際にいたミアが声をかけてきた。ローズマリーは「ええ」とだけ答える。

「ところで、この邸にはメイドはあなたひとり？」

「さようでございます」

――やっぱりそうなのね。

邸の内外を探索してわかったことだが、ここには傭兵ばかりで、ほかには厨房《ちゅうぼう》にシェフがひとりと、メイドはミアだけだ。ゆえに、この布団はミアがしてくれたことなのだろう。

「また歩きまわられますか？　それともお食事になさいますか」

「……もう出歩かないわ」

「ではすぐにお食事を持ってまいります」

ローズマリーは目を伏せたあとで「ありがとう」と礼を述べる。交渉の余地はないのだ。いつまでも無理をして強気な態度でいる必要はない。

敷地内を歩きまわってわかったことがもうひとつある。庭にはたくさんのハーブが植えられているということだ。さすがハーブの本場、オルグラナだ……などとつい感心してしまった。

「庭のハーブの手入れはあなたが？」

「はい。シェフと一緒に私が」

間もなくしてミアが運んできた料理にはハーブがふんだんに使われていた。その美味しさに顔がほころぶ。誘拐されてきたということを一瞬、忘れてしまった。

それからというもの、ローズマリーは敷地内で行動を制限されないのをよいことに厨房や庭に出入りし、メルヴィル領にいた頃と同じようにハーブティーを淹れて毎日を過ごした。

「おはようございます、お嬢様」

部屋にやってきたミアの顔色は悪く、目の下にはくまがあった。

「ねえ、ミア。もしかして……眠れないの？」

「……はい。頭が痛むのです」

「それは、どんなふうに？」

「ずきずきします。昨夜からこの調子で……」

——私のせいだわ。

いくらルノエに帰るためとはいえ、彼女に罪の意識を植えつけて揺さぶりをかけた。ミアだってきっと好きで誘拐の幇助をしているわけではない。

この数日、接してみてわかったことだがミアは心根の優しい女性だ。罪の意識と良心のあいだで苦しみ、その精神的な負担が彼女の頭を痛ませているのかもしれないとローズマリーは思った。

「この邸にお医者様は……いないわよね」

ミアは黙って頷く。医者を呼ぶには邸の主人の許可がいる。だがフリント公爵はミアのために医者を呼ばないだろう。

「お医者様のところへ行ってきてはどう？」

そう提案するもののミアは首を横に振る。

「どうして？」

「そのようなお金は……」

フリント公爵はミアにきちんと給金を渡しているのだろうか。憤りさえ覚える。とはいえ自分も誘拐されてきた身だ。自由にできる金はない。

「邸の品物を売るわけには……いかないわよね」

ミアはふたたび大きく頷いた。そもそもこの邸には金目のものが置かれていない。

――でも、なんとかしなくちゃ。

ローズマリーは庭へ出てハーブを摘んだあと厨房へ行った。そうして、頭痛に効くとされるペパーミントティーを淹れる。バレリアンの水出しを作り、ホップの球果を詰めた木綿の枕も用意する。いずれもよく眠れるようにと願いを込めた。

「どうしてここまでしてくださるのですか？」

「ミアは私にすごくよくしてくれるし……。それに、あなたの頭が痛むのは……私のせいだから」

ミアは緩く首を振る。

「……いいえ。旦那様のせいです」

なにかを決意したような顔のメイドを、ローズマリーは言葉なく見つめた。

第六章　ラベンダーに包まれて

執務室の窓から見た満月は明るく、じかに見ていては眩しいくらいだった。

――ローズマリーと一緒に眺めたい。

今夜はハーブティーを淹れにきてくれるだろうか。むしろこちらから誘おうか。しかしジェイラスは机の上に山積みになっている書類を見て考えを変える。

――いや……やめておこう。

栄誉勲章に関するこの書類仕事を早く片付けてしまわなければならない。先延ばしにしていてはいつまでたっても終わらないし、婚儀は延びるばかりだ。

煌々《こうこう》とした月の下、ジェイラスはひたすら執務に励んだ。

夜遅く眠りに就いても朝は自然と目が覚める。美しい月が昇った翌朝もそうだった。ベッドから起き上がるなり扉がノックされる。「入れ」と入室を促すと、側近が顔を出した。

「お目覚めでしたか、殿下」

側近は朝の挨拶も忘れて慌てているようだった。すぐに『なにかあった』のだとわかる。

「どうした？」

「それが、その……ローズマリー様が城を出ていかれたそうで……」

ベッド端に腰掛けていたジェイラスは勢いよく立ち、クローゼットへと歩きながら「どういう意味だ」と問う。

側近はジェイラスの着替えを手伝いながら説明する。ローズマリーは朝には部屋からいなくなっていた。直前に世話をしていた侍女の話だと、昨夜裏門から馬車に乗り城を出ていったというのだ。

「門番から証言を取れ。その侍女にはいまから直接、話を聞く」

ジェイラスは執務室へと歩きながら側近に言った。

「ではすぐに呼んでまいります」

側近はそう言い、そばにいた侍女に「新人の侍女を呼んでこい」と指示した。門番のもとへは自ら行くつもりのようだ。

執務室に到着して数分の後、侍女がやってくる。

――見ない顔だな。

新人の侍女に違いない。若年の侍女は視線をさまよわせて口を開く。

「ローズマリー様は城の裏門から馬車へとお乗りになりました。……遠くへ行きたいとおっしゃっていました」

「どんな馬車だったか覚えているか」と問えば、侍女は顔を強張らせながら答える。

「四隅にランタンがついた……大きな馬車でした」

「紋章はついていたか？」

「い、いえ……暗かったですので、見えませんでした」

「だが馬車の四隅にはランタンがついていたのだろう？」

するとと侍女はぎくりとしたようすで肩を弾ませ、しばし思案して「紋章はついていませんでした」と言葉を返した。

――この侍女は馬車がだれの所有なのか知っている。

そうでなければ、紋章について尋ねたとき初めから「なかった」と言ったはずだ。「暗くて見えなかった」という初めの言葉は嘘で、追及を逃れようとする無意識の防衛反応から、そのような矛盾した発言に至ったとジェイラスは推測した。

「……わかった。下がっていい」

これ以上は、専任の者に任せて尋問したほうがいいだろう。

侍女が部屋を出ていったあとすぐジェイラスは側近に、尋問の専任者を呼ぶよう命じた。同時に、その侍女を監視するよう言いつけた。

ジェイラスは食事もそこそこに執務をこなし、同時にローズマリーの捜索を指示する。

本音を言えばいますぐにでも城を出て自らローズマリーを捜したい。だが、闇雲に駆けまわったところで見つかるものではないのだからと、自分に言い聞かせて宥めた。

「殿下。門番の話ですが……国王陛下から、裏門の人払いをするよう命じられたと侍女から聞き、門を離れたそうです」

――父上が裏門の人払いなどするはずがない。

それもきっと侍女のついた嘘だろう。ますます怪しい。

「それからこれが……給湯室のテーブルの上にあったそうです」

側近が持ってきたのはクマの形の砂時計だった。ローズマリーがいつも肌身離さず持ち歩いているものだ。置きっぱなしにしているとは考えがたい。

――ローズマリーは昨夜もきっと俺にハーブティーを淹れてくれるつもりで部屋を出たに違いない。

新人のメイドを追及しようとしていると、ローズマリーが城から出ていくのを止められなかったことの責任を取ると言って城を去ったと報告を受けた。侍女は、あらかじめそうするようだれかに指示されていたのかもしれない。

「足取りは辿っているんだろうな」

尋ねると、側近はすぐに「はい」と返事をした。

「動きがございましたらまた報告にまいります」

「ああ、頼む。それからその侍女の身元も至急、調べるように」

がわかった。

「かしこまりました」

侍女の身元の調べを進めた結果、フリント公爵が関わっている可能性が高いということがわかった。

――予想はしていたが……やはりそうか。

この王城内に敵対勢力はほとんどいない。第三王子である自分が王位を継ぐにあたって支障をきたさないよう、兄たちには先んじて話をしており、決着がついている。

ゆえに、問題となるとすればやはり次期王妃だ。フリント公爵が国政から退いたことで解決できたと思ったが、早計だった。

数日後、フリント公爵から面会の申し入れを受けたジェイラスは城のサロンへ赴いた。彼は宰相職を辞して城から去ったが公爵という立場はそのままなので、いまだに影響力を発揮していると思われる。

サロンに着く。フリント公爵はソファに座って冷笑していた。ジェイラスは立ったままフリント公爵に「なんのご用でしょうか」と尋ねた。ここでのんびりと茶を飲むつもりなど毛頭ない。

「挙式はもう目前だというのに花嫁が姿を消したそうですな？　ぜひ我が娘を代役に、……いや、正妃として立ててはいかがですか。イザベルはだれよりも王妃としての素質を持っている。のちにローズマリー嬢が見つかったとしても、側室になさればよろしいだけのこと」

「代役は立てない。私の妻はローズマリーだけだ。挙式までに彼女が見つからない場合は延期するまでです」

「おや、素晴らしい自信ですな。ローズマリー嬢が自ら出ていった可能性を少しもお考えにならないのですか？」

「考えません」

ローズマリーとはなんでも話し合うと決めた。彼女を信じている。もしフリント公爵の言うとおり自発的に出ていくことを決めたとしても、その理由を話してくれるはずだ。砂時計を置いて勝手にいなくなるのはありえない。

――拐《かどわ》かされたとしか思えない。こうして接触してきたのがなによりの証拠だ。

「話はそれだけですか？　公務がありますので失礼します」

ジェイラスはサロンを後にすると、フリント公爵が所有する別荘地やその血縁の邸宅を徹底的に探るよう側近に命じた。

その後、ジェイラスは思いがけずオルグラナの学友たちに再会する。レイモンドから急ぎの書簡が届いたのだ。

手紙は二通あった。ひとつはレイモンドの直筆で『転送する。どんな協力も厭《いと》わない』と走り書きされていた。もうひとつはローズマリーからの手紙だ。『フリント公爵が所有するオルグラナの別荘に軟禁されている』という文字を目にして、腸が煮えくり返る。

ジェイラスは自身を落ち着かせるため、手紙を握りしめたまま深呼吸をした。

どうやらローズマリーは誘拐先で協力者を得たようだ。そしてレイモンドを経由して手紙を出した。彼女の名で手紙を出せば、フリント公爵に握りつぶされかねないと考えてのことだろう。ローズマリーは『白馬の文』の話を覚えていて、それを上手く使ったのだ。

ジェイラスはフリント公爵邸へ赴き彼を詰問したものの、白を切られた。

ローズマリーからの手紙を証拠品として見せつけたいところだが、こちらの手の内——ローズマリーがフリント公爵の別荘にいるという事実——を晒せば、ローズマリーに加担した者が割りだされて不利になりかねないので、情報の入手源はいまは明かせない。

ジェイラスはなんの解決策も得られないままフリント公爵邸をあとにしてルノエ城に戻る。


——なにが「もう大丈夫」だ。

メルヴィル伯爵邸でローズマリーに言った自分の言葉に憤りを覚え、ジェイラスは執務室の壁に額をドンッと押し当てて往時を顧みた。

フリント公爵がこのまま引き下がるはずがなかったのだ。そしてその悪意がローズマリーに向くことは、少し考えればわかったはずだ。いままでだって、フリント公爵はローズマリーにばかり仕掛けてきたのだから。

──それなのに俺は、ローズマリーと一緒に楽しく過ごすことばかり考えて浮かれきっていた。

宰相職の辞任だけでなく爵位を取り上げて監獄送りにするべきだった。父親である現国王に酌量を求められたからとはいえ、手ぬるいことをしてしまった。こんなことならメルヴィル伯爵に「もっと徹底的にフリント公爵を糾弾しよう」と持ちかければよかったと、思ったところで後の祭りである。

ジェイラスはぐしゃぐしゃと髪を掻き乱し、目を瞑り深呼吸する。報せによれば、ローズマリーが危害を加えられるようすはない。

もしも彼女が処女であったならば貞操を奪われ、王妃にはふさわしくないと主張されかねなかったが、すでに契りを交わしているのは周知のことだ。

契りを交わしたことを別段、秘匿もしなかったのでさぞ広まっていることだろう。それで、ローズマリーは幽閉されるだけに留まっているのかもしれない。かといってローズマリーの高潔さが失われているとは思わない。

ただ、彼女が自分の庇護《ひご》下にないというこの状況にはいてもたってもいられなくなるが、ここは慎重に奪還の戦略を練らなければならない。冷静さを欠いて自棄《やけ》を起こせばきっとフリント公爵の思うつぼになる。

それからというものジェイラスは根気強く、フリント公爵がローズマリーを誘拐した証拠を集めた。ローズマリーからの手紙や門番の証言、侍女も捕らえて尋問し、ようやく誘拐罪の罪状を取ることができる。

マノーク村の村人の証言で、ローズマリーがいなくなった日、夜中にオルグラナ方向へと疾走する馬車があったとの報告も上がってきていた。

言い逃れのしようがない万全の準備をしてフリント公爵邸へ行けば、公爵一家はすでに行方を眩ませていた。

――なんて逃げ足の速い！

フリント公爵を追うのは王都に常駐する小隊に任せ、ジェイラスはローズマリーの救出へ行くことにした。しかしながらローズマリーが軟禁されているのは他国の地。オルグラナ国に進軍許可を取らねばならない。

レイモンドに手紙を出すと「いいよ」と二つ返事がくる。通常ならもっと長い時間がかかるところだが、急を要するとわかって即刻返事を寄越してくれたのだろう。

レイモンドには感謝してもしきれない。そしてそれだけでなく、フリント公爵の遠縁が所有するカントリーハウスで、最近十名の傭兵を雇ったという情報も提供してくれた。

ジェイラスは、ローズマリー誘拐の報せを受けて王都へ来ていた騎士団第一小隊の精鋭とともにオルグラナへ向かった。

白みはじめた空の向こうをローズマリーは静かに眺めていた。もうすぐ夜が明ける。開け放った窓から吹き込む風が、ローズマリーの髪を縛るリボンを不規則に揺らしていた。

——手紙はジェイラス様に届いたかしら……。

彼へ宛てた、自分の居場所を告げる手紙は直接はルノエ国へ送らなかった。ミアの知人——オルグラナ城で働く侍女——の伝手《つて》でレイモンドに渡り、そこからルノエ国へ送られたはずだ。レイモンドに託せばきっと、白馬の文を使ってジェイラスに確実に手紙が届くようにしてくれると考えた。

未明だというのに、ふだんよりも騒がしいことに気がつく。別の窓へと歩いて門のほうを見れば、馬に乗った騎士たちが入ってくるのが見えた。

——ジェイラス様！　それに、メルベースのみんなだわ！

ローズマリーはぱあっと顔を輝かせる。自分の居場所を知らせるべく手を天に掲げて大声を出そうとするものの、直前で思《おも》い留《とど》まる。

——だめ、そんな目立つことをしてはいけない。

兄から教示された『有事の際の行動訓練』を思いだす。こういう場合、むやみやたらに動きまわらず身を潜めてじっとしていること。やたらに動くと人質に取られてしまう可能性があるので、安全な場所で息を潜めることを第一に考えなければならない。

——まずは、部屋から出ていったと偽装して……。

廊下のようすを窺う。見張りがいないのを確認してから部屋の扉を開ききり、クローゼットに身を隠す。

髪の毛につけていたリボンをクローゼットの取っ手に何度も巻きつけて慎重に扉を閉め、そのあとでリボンを内側に強く引っぱることでリボンを手元に収める。クローゼット内は、扉の中央の隙間から射《さ》すわずかな光しかない。

ドレスに紛れてしまえば、この扉を開けられたとしてもきっとすぐには見つからない。

ローズマリーは目を瞑り、じっと待つ。ところが、暗く狭いせいか体が震えだした。

そこへ、足音が聞こえてくる。

——だれか……入ってきた？

ドクン、ドクンと心臓が鳴る。体はますます震える。しかしここで痺れを切らして音を立てては気づかれる。部屋に入ってきたのが騎士団員なのか傭兵なのか、まだわからない。

「おい、部屋にいないぞ！」

男の太い声だった。ローズマリーが知る騎士団員たちのものではない。

「探せ！　邸からは出ていないはずだ！」

足音が遠ざかっていくことでローズマリーはほっと胸を撫で下ろす。

それからどれくらい時間が経っただろう。ジェイラス率いる騎士団員たちはもう傭兵たちを制圧した頃ではないだろうか。

――そろそろ出ていったほうがいいかしら……。

「ううん、だめ」とローズマリーは心の中で自分に言い聞かせてぶんぶんと首を横に振る。安全だと判断できない場合はじっとしていなければならない。

――大丈夫。いまにジェイラス様が来てくださる。

この扉を開けてくれるのは彼だと、信じて待つ。

また足音がした。しだいに近づいてくる。一人のものではない。何人かいる。心臓はいよいよ早鐘を打つ。

急にクローゼットの扉が開き、明るくなった。一瞬で光に包まれる。

「ローズマリー！」

眩しさではっきりとは姿が見えなかったがそれでも、声のほうへとローズマリーは両手を伸ばす。

彼の胸に力強く抱きとめられ、ふたたび視界が暗くなる。クローゼットの中にいたときと同じ闇でも、まったく違う。なんて居心地がよくて、安心できるのだろう。

「怪我はしていないか？　なにか不調は……」

ローズマリーは瞳を潤ませてふるふると首を振る。安堵の涙が浮かんで視界が滲《にじ》む。

「助けにきてくださって……ありがとうございます、ジェイラス様」

見上げると、頬を撫でられた。次第に彼の顔が近づいてくる。

「あのー、僕もいるんですが」

ジェイラスはローズマリーの頬を撫でていた手をぴたりと止めて「あ、ああ……」と、どこかばつが悪そうに唸った。

「ローズマリーなら、僕が施した行動訓練をしっかり守ってクローゼットに隠れているはずだって進言したのは僕なんですからね！」

誇らしげなノーマンを見やり、ジェイラスは苦笑して「そうだな」と言った。

ふとローズマリーは部屋の隅にミアがいることに気がつく。

「ここを居室にしていたというのはそこの侍女から聞いた。この者だろう？　きみの手紙をレイモンド経由でルノエに送ったのは」

ローズマリーは「はい、そうです」と答え、ミアのほうを向く。

「ありがとう、ミア」

ミアはというと、力なく首を振っている。

「さあ、ローズマリー。こっちだ」

ジェイラスとともに邸を出る。傭兵たちは縄で繋がれていた。彼らは罪状を見るなりあっけなく投降し、いっさい抵抗しなかったという。

「……あらっ？　でしたら私、クローゼットに隠れていなくてもよかったのでしょうか」

「いや、きみを人質に取られていたら傭兵たちの態度はきっと違っただろう。だから、隠れていてくれてよかった」

頭を撫でられれば愛しさが込み上げて、彼に抱きつきたくなる。しかし我慢だ。ジェイラスはいま騎士団員たちに指示を出している。彼の仕事の邪魔をしてはいけない。

しばらくすると騎士団員たちが一堂に会した。

「邸にいた傭兵は以上です。すべて捕縛しました」

「六人しかいないな。レイモンドからの報せでは、フリント公爵が雇った傭兵は十人ということだったが……」

ジェイラスは思案顔になる。しばしのあいだ無言だったが、目を伏せたあとでふたたび指揮を執った。

ノーマンは数名の騎士団員たちとともにフリント公爵の傭兵たちをオルグラナ城へ連行し、ローズマリーとジェイラスは残り四人の騎士団員とともにルノエへ帰城することになった。

ローズマリーはジェイラスとふたりで馬車に乗る。四人の騎士団員たちのうち二人は御者をし、あとの二人は馬で馬車の周りを並走する。

「第一小隊の騎士団員たちはメルベースに帰してもよいところだが……少々嫌な予感がす

る。念には念を入れて、王城まで警護してもらうことにする」

隣に座るジェイラスが、その長い足を組み替えて言葉を継ぐ。

「フリント公爵一家は叩けばごまんと余罪が出てくるだろう。一生、日の目を見ることがないよう徹底的に糾弾するつもりだ。酌量の余地は与えない」

その表情を見れば意志の強さが窺える。ローズマリーは言葉なく頷いた。

馬車は事もなくルノエに入った。もう少し進めばマノーク村に入るというところで、馬車が急停止する。深い森の只中《ただなか》だ。

「……嫌な予感が当たったようだ」

ジェイラスは車窓から外を見て眉を顰める。彼に倣って外を見れば、フリント公爵を囲むようにして、武装した傭兵たちが四人いるのがわかった。いずれも、別荘地にいたのよりも大きな体躯の傭兵だ。馬車の外にいた四人の騎士団員たちが応戦しはじめる。

「ローズマリーはここにいるんだ。俺が外へ出たら、内側からも鍵を掛けるように」

「は、はい」

ジェイラスが出ていくなり、内鍵を掛けて車窓から外のようすを覗《のぞ》き見《み》る。短剣を手にしたフリント公爵の白髪はひどく乱れていた。悪魔のごとき形相でジェイラスを睨んでいる。

「殿下にはここで死んでもらう」

嗄《しゃが》れ声が馬車の中にまで届く。

「私は……私はなにも間違ったことはしていない。おまえさえいなくなれば私はまた頂点に返り咲くことができる！」

公爵はふらふらとした足取りでジェイラスに近づいていく。ローズマリーはそれを固唾を呑んで見つめる。ここで馬車の外へ出ていってしまえば、どう考えても邪魔になる。じっと待って、見守ることがいま自分にできる最大限のことだ。

——大丈夫……ジェイラス様なら、大丈夫。

巨漢も打ち負かすジェイラスだ。彼の実力はよく知っている。それでも——案ずることはないのだとわかっていても——やはり心配は尽きない。胸はバクバクと大きな音を立てて、少しでも気を緩めれば意識がどこかへ飛んでいってしまいそうだった。

しかしここで自分が倒れてしまってはジェイラスに無用な心配をかける。気を確かに持って事の顛末《てんまつ》を見届けることで彼を応援する。

——信じているもの、ジェイラス様を。

彼を疑っていては、イザベルに脅されていたときと同じ轍《てつ》を踏むことになる。あのような過ちはもう繰り返さない。

ローズマリーが必死の形相で見つめる中、ジェイラスは腰に提げていた剣を抜いてフリント公爵と向き合った。緩やかだった公爵の足取りが急に速くなり、ジェイラスとの距離を詰める。

キイィインッと、森じゅうに轟くようなけたたましい音がした。それは一瞬の出来事だった。ジェイラスはフリント公爵が持っていた剣を一振りで弾き飛ばし、公爵の喉元に剣先を突きつける。

「あ、うあ……っ」

フリント公爵は膝から崩れ落ちると、白目を剝いて地面に倒れ込んだ。時を同じくして他の団員たちも傭兵たちを打ちのめす。団員たちは傭兵とフリント公爵を厳重に縛り上げた。

騒ぎに気がついたらしいマノーク村の人々がジェイラスのもとに集まる。ジェイラスは村人にマノーク伯爵を呼ぶよう言い、城から罪人護送のための応援を寄越すようにと指示しているようだった。

ローズマリーは、ジェイラスが扉の前に来るのを確認して鍵を開けた。

「ジェイラス様！」

馬車の扉が開くなり彼に抱きついて無事を確かめる。

「すまない、また怖い思いをさせたな」

「いいえ、私は平気です。ジェイラス様がご無事でよかった……」

「ああ、結果的にはよかった。フリント公爵が自棄《やけ》を起こしたおかげで余罪が増えた」

エメラルドの瞳を底光りさせ、ジェイラスは挑発的に嗤《わら》う。

ルノエ城に帰ると、騎士団中央小隊がフリント公爵夫人とイザベルを捕らえたとの報告があった。

フリント公爵には誘拐罪に殺人未遂罪、脅迫罪など多数の罪状が課せられ、爵位を没収の上、一家ともども監獄送りになることが決まった。

それから一ヶ月。婚儀に向けて、慌ただしくも平穏に日々は過ぎていく。

「ローズマリー様、おはようございます」

「おはよう、ミア。昨夜はよく眠れた？」

「それは私の台詞でございます」

「ふふ、いいじゃない。それで、どうなの？」

ローズマリーが尋ねると、ルノエ城のお仕着せを着たミアは「それはもう大変よく眠ることができました」と言って笑った。

「本日はローズマリー様のご家族が城にお見えになるのですよね」

「ええ、そうなの」

今日はジェイラスの戴冠式に一家総出で参列する。

そしてもうひとつ。ジェイラスの尽力により法改正が成り、伯爵家に栄誉勲章が与えられる日が来た。

玉座の間には何度、足を踏み入れても圧倒される。両側に立ち並ぶ白い柱。部屋の中央に吊り下げられたクリスタルシャンデリア。天井近くに一直線に並ぶアーチ窓から射す陽光が眩い。光に溢れたこの玉座の間に貴族たちが集い列を成す。

それまでざわざわとしていたが、ジェイラスが入ってくるなり静まり返った。大理石の床では靴音がよく響く。奥の扉から国王と王妃も入場してきた。

王冠は真珠やダイヤモンドをライン状に使って形作られ、真ん中には大きなエメラルドが嵌《は》め込《こ》まれ、アクセントとしてルビーが散りばめられていた。ルノエ国の紋章衣を纏ったジェイラスに、とてもよく似合っている。

頂に冠を飾った国王ジェイラスの初仕事はメルヴィル伯爵家へ栄誉勲章を叙勲することだ。それは玉座の間で、戴冠式に引き続き執り行われるが、前国王とその妃は退席する。

「メルヴィル伯爵、前へ」

よく通る声でジェイラスが言った。父親が前へと歩みでる。

「栄誉をたたえ、ここに勲章を授ける」

新しく宰相の任に就いた男性が蓋の開いた勲章箱を持って父親の前に立つ。それを父親が恭しく受け取るのを、ローズマリーは静かに見守っていた。

「おはようございます。昨夜はよくお眠りになれましたか?」

朝陽が昇るのと同時に部屋へとやってきたミアがそう尋ねてきた。

「それが……あまり」

ローズマリーが答えると、ミアは「そうでしたか」と、眉根を寄せて笑った。朝食は軽く済ませて衣装部屋へ向かう。これから婚礼衣装の支度だ。いよいよ挙式の日だというのに、どうも実感が湧かない。

すべての支度が調う頃になってやってきたのはグレタだ。彼女の瞳にはうっすらと涙の膜が張っていた。

「おめでとう、ローズマリー」

グレタが口紅を差してくれる。ローズマリーはようやく「今日、ジェイラスと結婚するのだ」と実感した。

挙式はルノエ城の敷地内にある教会で執り行われる。天まで届きそうな塔を有した大きな教会だ。階段の前にはすでにジェイラスがいた。彼の上着には威風堂々たる獅子の白金刺繍が施されている。

いっぽうローズマリーのウェディングドレスは月桂樹を模した総レースだ。花嫁のブーケと、それから花婿の胸に飾られたブートニアには緑色のローズマリーがあしらわれている。

「行こうか」

ジェイラスの肘を取り、階段を上る。参列した人々は寄り添うふたりの衣装に対となって施されているルノエ国の象徴――獅子と月桂樹――を見て歓喜し、新たな王とその妃の誕生を祝った。

晩餐会はルノエ城の大広間で行われた。オルグラナ国のレイモンド王子をはじめ、周辺各国からの賓客に挨拶をしてまわる。大広間を出るそのときまで気が張っていたせいか、ローズマリーは今日から寝室が変わることをすっかり忘れてこれまでの居室へ戻ろうとしていた。

「今夜からきみの寝室はこっちだ」

ジェイラスに手を引かれて主寝室に入る。

――そ、そうだったわ。

「ですが、ええと……私の湯浴みは別のお部屋ですよね？」

「なにを言っているんだ。一緒に決まっている」

「えっ!?」

侍女頭は、別室で湯浴みをして体に香油を塗ったあとで主寝室へ向かうのだと言っていた。

ローズマリーは慌てて、傍らに控えていた侍女頭を見る。すると侍女頭は「陛下のお心のままに」と、声には出さず口だけを動かして伝えてきた。

「さあ、ローズマリー」

促されるまま浴室へ向かう。石造りの円形風呂にはすでに湯が張られていた。

ジェイラスが侍従に「湯浴みは俺とローズマリーのふたりきりでする」と宣言すると、そばにいたミアがローズマリーに小箱を渡した。

「それは？」とジェイラスが不思議そうに尋ねる。

「ローズマリーの精油と生クリームです。これをお湯に足すと、疲労回復の効果が得られるとされているので、ミアに頼んで用意してもらっていたのです」

「なんだ、きみも最初から俺と湯浴みするつもりだったんじゃないか」

「い、いいえ！　ジェイラス様のぶんと、私のぶんと二組の用意があったはずです」

ゆえに、もうひとつは使わず終いになる。

「そうか。だが……なるほど、それは癒やされそうだ」

侍従とミアが出ていくと、ジェイラスは内鍵を掛けて笑みを深めた。

「きみを湯に浮かべるんだろう？」

そうして彼はローズマリーのドレスを脱がせにかかる。

「その言葉に甘えて好きなだけ愛でることにする」

「ちっ、違います、そういうことではなくて……っ！　わ、私……湯の準備をしてまいります」

　円形の浴槽の中に張られている湯にローズマリーの精油と生クリームを垂らす。森の緑を思わせる独特の香りがふわりと広がる。

「……ローズマリー」

　急に後ろから抱き込まれ、頬にキスされる。中途半端になっていた編み上げ紐を完全に解かれる。

「いい香りだ」

　ジェイラスは呟くと、ローズマリーがなにか言う前に唇を塞いだ。それでも手は止めない。どんどん脱がせていく。互いに一糸纏わぬ姿になるまではあっという間だった。

「湯に浸《つ》かろう」

　広い浴槽だというのに、ジェイラスはローズマリーを膝の上に乗せた。ふたりで同じほうを向いて、こぢんまりと座っている。

「ローズマリーは愛と記憶のハーブ……だそうだな」

　耳のすぐそばで囁かれたものだからくすぐったくて、頷くだけになる。

「ブートニアを胸に挿すときに侍従長から聞いたんだ。きみの名前と同じハーブにはそういう謂《いわ》れがあると」

腹部にまわっていたジェイラスの両手が湯の中で上下して、脇腹を撫でる。意図しているのではなく、無意識にしているようだった。

「……ローズマリーにぴったりだ」

ジェイラスはいっそう声を潜めて、ローズマリーの耳元で言葉を紡ぐ。

「きみは俺に四六時中愛されているということを、ずっと記憶しておいてほしい」

「……っ‼」

湯の中にいるのにもかかわらずぞくぞくとした震えが走る。寒さからではなく、彼の声が煽情的《せんじょう》だったからだ。

「ジェイラス様……」

呼びかけながら、身を捩って彼のほうを見る。するとすぐに唇を食まれた。ジェイラスの両手が双乳を掴む。

「ん、んっ……うぅ」

「湯の中で触れると少し感触が違う」

彼がぽつりと言った。

「そ、それは……どんなふうに？」

「まろやかなのには違いないんだが……こう、重みが増しているというか……無性に揺さぶりたくなる」

言葉のとおりジェイラスはローズマリーの乳房を上下左右に揺らしはじめる。

「ぁ、あっ……ん、んぁっ」

ふたつの膨らみは透明な湯の中で彼のいいようにされている。それを目の当たりにすると、とてつもなく恥ずかしくなった。

「だめ、です……そんな、揺さぶっちゃ……！」

湯面まで揺れだしたのがいたたまれなくなって言うと、ジェイラスは「気持ちがよくないならやめる」と言葉を返してきた。

「正直に言ってほしい。嘘偽りなく、本当のことを」

「……っ、そ、その……」

――気持ちがいいに決まっているのに。

ふくらみの先端が尖りきっているのだ。彼だってそれはわかっているはずだ。

「ん、ぅっ……意地悪なこと……言わないで、ください。……ふ、ぅぅ」

「そうだな。意地の悪いことはやめて、きちんときみの蕾を愛でよう」

乳房を揺さぶる動きはそのままに、先端を人差し指で押し上げられる。

「ゃ、あぁっ！」

薄桃色の棘を根元から抉るようにして指で突き上げられたので、気持ちよさのあまり大きな声が出てしまった。浴室だからか、声がよく響く。

ローズマリーは口を手のひらで押さえて首を振る。

「なにか嫌なことでも?」

「こ、声が……響く、ので……ぁ、あっ」

目を伏せるローズマリーの顔を覗き込んでジェイラスは笑う。

「そうだな。もっと響かせたいくらいだ」

胸飾りをつまみ上げられる。

「ひぁっ‼ あっ、いや……あぁっ!」

意思とは無関係に声が出て、結局はジェイラスの言うとおりになってしまう。

「あぁ……初日からこんなふうでは、心配になってくる」

急に彼が息をつくので、なにか粗相をしただろうかと不安になる。するとそのことに気がついたらしいジェイラスが口早に「いや、違うんだ」と言った。

「これからは毎晩、一緒だと思うと歯止めがきかなくなりそうだ。きみが愛しすぎて……吹き飛ぶ」

耳たぶをぱくりと食まれ、胸の蕾をぎゅうっとつままれる。いったいなにが吹き飛ぶのかといえばきっと、理性だろう。

——でも、それなら私も……。

彼に触れられて、理性的でいられたことなど一度もない。愛しい想いが膨れ上がって、全身が彼を欲して燻る。

ローズマリーは彼のほうに体ごと向き直る。

「わ、私も……同じです。あのっ……ジェイラス様を気持ちよくするには、どうすればいいでしょうか⁉」

懸命に尋ねるローズマリーを目の前にして、ジェイラスはしばしきょとんとしていた。

「どうすればいいんだろうな？」

嬉しそうな彼と唇同士を重ね合わせる。自然と、両手を彼の胸――厚く硬い胸板――にあてがっていた。ふと、感触が異なる箇所があることに気がつく。

「ジェイラス様も……ここ、気持ちがよいのでしょうか」

指先に当たっていたその箇所を指でつんとつついてみる。するとジェイラスはびくっと体を弾ませた。みるみるうちに彼の頰が朱を帯びる。

「い、いや、いい……そこは」

「だめでしたか？　不快、でした？」

「そんなことはないが……くすぐったい、という気持ちのほうが大きい」

「では、ずっと触っていたら気持ちがよくなるかもしれません」

「～～っ」

ジェイラスは困り果てたようすで眉根を寄せ、ローズマリーの額にこつんとぶつかる。

「なんでこういうときだけそんなに積極的なんだ」

ジェイラスが独り言のようにぼやいた。『積極的』になっていた自覚のないローズマリーはとたんに恥ずかしくなり、視線をさまよわせる。

「だ、だって……私も、ジェイラス様のことが愛しすぎるのです」

好きで、好きでたまらない。許されるのならば彼の全身を撫でてまわりたいとすら思っていた。筋肉質で隆々とした彼の体には、触れているだけで悦びが湧く。

ジェイラスと額は突き合わせたまま、後頭部を掻き抱かれる。深いくちづけに見舞われる。彼は唇を離すと、濡れた手で前髪を掻き上げた。それからローズマリーの腰を摑んで持ち上げる。湯の中なので簡単にそうされてしまう。瞬きをひとつしたあと、硬く勃ち上がっている雄物めがけて下ろされた。

「あ、あぁ……っ！」

湯の中だがそれほど摩擦は感じなかった。唇を重ね合わせているあいだにすっかり準備が整っていたらしい。

「きみは……どうすれば俺が気持ちよくなるかと、聞いたな」

ジェイラスの声は少し弾んでいる。

「は、はい……ぅ、ん……っ」

陽根がじりじりと押し入ってくる。ローズマリーは彼の膝の上に座り込む恰好になる。

「ローズマリーにならなにをされても不快になんてならないが、俺はやっぱりこうしてきみの中にいるのが一番……いい。深く絡みついてきて、放さないでくれる。とてつもなく熱くて、窮屈で……きみという最愛の存在をこの身ではっきりと感じることができるんだ」

濡れた手で頬を撫でられる。熱く、心地がよい。

「愛している、ローズマリー」

彼が上下しはじめると、湯面は激しく揺れた。

「ひぁあ、あっ、やぁあっ……！」

高らかに啼《な》くローズマリーの頬を、ジェイラスが両手で包む。

「……顔が赤いな。ベッドへ行こうか」

ローズマリーはこくりと頷く。彼の情欲が自分の中から抜けでてしまうのを惜しく思ってしまった。

横向きに抱きかかえられ、ベッドへ移動する。体を拭くのもそこそこに指で女壺を探られた。

横たわっていたはずなのに、しだいに四つん這いになって尻を浮かせるような体勢になる。

彼の長い指が淫芯を捏ねる。後ろからそんなふうにされて、気持ちがよくて腰が揺れる。ジェイラスの目には尻を揺らして誘っているように見えるということにローズマリーはまったく気がつかない。

ジェイラスは感嘆の息を漏らして、揺らめく双丘を片手で揉み込む。

「ひゃっ⁉　あ、んんっ」

——ど、どうしてお尻を……？

なぜ胸ではなくそこなのだろうと考えたあとで、本当は胸に触れられたいと思っているのだと考えが至り、ひとり頬を羞恥の色に染める。

「きみは本当にどこもかしこも魅惑的だ」

臀部《でんぶ》にキスを落とされた。ローズマリーは口をぱくぱくと動かすばかりでなにも言えない。

「俺はなにかおかしなことをしたか？」

「だ、だって……その」

「そうだ……全身にくちづけてまわることにしよう」

「えっ⁉」

「きみはそのまま動かずにいてくれていい」

優しい声音で言うと、尻から背にかけて撫で上げられた。手の軌跡に沿って彼の柔らかな唇が這っていく。

「うぅ、ん、んっ……！」

両腕とそれから両膝で自身を支えているローズマリーにはたまらない。がくがくと震えてくる。唇が肌に触れるとそこが熱を帯びていくのはなぜだろう。いまや全身が熱い。

ジェイラスはローズマリーの火照った体を唇で愛撫しながら右手を足の付け根へと忍ばせる。

「あっ……」

長い指はすぐに蜜壺へと潜り込み、ぬちゅっと水音が立つ。潤みきっていた隘路は悦んで彼の指を呑み込む。

「よく濡れている」

音にならない囁き声でそう言って、ジェイラスは指をさらに奥へと進ませる。ぐちゅぐちゅという水音を愉《たの》しむように、ジェイラスは緩慢に指を大きく前後させる。

「ふっ、あっ……あぁ、うぅっ……」

気持ちがよいのは間違いない。それなのに、物足りないと思ってしまう。ローズマリーはちらりと彼のほうを振り返る。目が合うと、ジェイラスは口の端を上げて指を引き抜いた。

代わりに、もうずっと天を向いていた一物を女壺にあてがう。ローズマリーは彼に背を向けて尻を突きだしたままだ。

——恥ずかしい、のに……。

早く、彼のそれが欲しくてたまらない。そのせいか体が小刻みに震えてしまう。

ジェイラスはローズマリーの秘め園で燻っている花芽を指でくすぐりながら、もう片方の手で腰を摑み、狭道に男根を潜り込ませる。

「んぅ、あっ……はぁっ……！」

体は瞬時に悦びに悶え、隘路は貪欲に蠕動《ぜんどう》して雄物を誘い入れる。太く硬いそれが濡襞を擦って奥へと進んでいく。

もうこれ以上は進めないというところまで来る。後ろから挿し入れられているせいか、先ほど浴室で繋がり合ったときよりも格段に深く、熱い。

灼熱の楔は探るように行き止まりを小突く。ジェイラスは乳房の揺れを押さえるように後ろから鷲摑みにし、胸の先端を捏ねまわした。

幾度となく、繰り返し重く突き込まれる。奥処を何度も穿《うが》たれ、彼自身を刻み込まれているようだった。

「く……っ」

彼の艶《なま》めかしい呻き声が聞こえる。顔が見たくて後ろを向くと、ジェイラスは秀麗な眉を寄せて官能的に息をついた。目が合うと彼は悩ましげに微笑して抽送を激しくする。

「あ、あぁ……‼」

なにかが、体内に満ちていく。内側から揺さぶられている。あるいは同じようにして彼を締めつけている。どちらが先だったのかわからない。

ふたりして己を震わせながら、蕩け合う。心地がよくて、ついまどろんでしまう。

ジェイラスは彼自身をローズマリーの中に沈めたまま横たわる。腹部に腕がまわり込んできて、背中側から抱き込まれた。彼はローズマリーの肩に顔を埋めて大きく息を吸い込む。

「ローズマリーの香りがする」

「それは……ハーブの？」

ローズマリーの精油を溶かした湯に浸かっていたので、ハーブが香っているのかもしれないと思った。ジェイラスがくすりと笑うのが息遣いでわかる。

「どっちもだ」

頬を撫でられ、自然と彼のほうを向く。キスを交わせば、唇同士がしっとりと吸いついた。

薄紫色の花々が夏の風に揺られてその甘い香りを周囲に振りまく頃、ローズマリーとジエイラスはマリーガーデンの小径をふたりで歩いていた。

「ラベンダーはいまが見頃か？」

「はい！　あ……そうだ、ジェイラス様。ラベンダーバンドルズを作りませんか？」

ジェイラスは「ああ、作ろう」と即答する。

「どういったものかご存知でした？」

「いいや、まったく」

ラベンダーバンドルズがどんなものかも知らずに彼が快諾したことがおかしくなってローズマリーは「ふふっ」と笑う。いっぽうジェイラスは、ローズマリーがなぜ笑っているのかわからないらしく大きく首を傾げた。

ローズマリーはラベンダーを摘み、リンデンの木の下に置かれているベンチにジェイラスとともに腰掛けた。

「きみと一緒にすることなら、なんだって楽しいから」

彼が朗らかに笑う。胸をきゅうっと締めつけられる。

「私もです」

ふたりは笑い合ったあとでぴったりと寄り添う。

「ラベンダーの茎が柔らかいうちにこう……折り上げていって花穂の部分を包みます。それを何本も何本も重ねていくと……」

ジェイラスはローズマリーの手元を見ながら同じようにラベンダーの茎を折り上げていった。そうして数十本を合わせて束にすればラベンダーバンドルズのできあがりだ。

「これはどういう使い方をするんだ?」

「ラベンダーの香りが長持ちするようになるので、そのまま香りを楽しんだり虫除《むしよ》けとしてクローゼットに吊り下げたりします」

「なるほど」

ジェイラスはラベンダーバンドルズをベンチの上に置くと、ローズマリーの肩を抱き寄せた。

夏の日射《ひざ》しはじかに受け続けると辛いが、いまはリンデンの木が傘になってくれているので暑さはない。吹く風は涼やかだ。何時間だってこの場所で寛《くつろ》いでいられる。

「ローズマリー」

呼びかけられたので上を向けば、唇に唇を押し当てられた。

「ん……!」

突然のことに戸惑いながらもキスを受け入れる。彼の舌は陽の光よりももっと大きな熱量を持っているのではないかと錯覚する。熱砂の舌に、なにもかも溶かされてしまいそうだった。

「だ、だめです、ジェイラス様。ここは人目がありますから……」

ローズマリーが目を伏せて言うと、ジェイラスは面白がるように口角を上げた。

「ではいましがた作ったこれで隠せばいい」

そう言うなり彼はラベンダーバンドルズを掲げて口元まで持ってくる。それからふたたび深いくちづけに見舞われた。

ラベンダーの香りに包まれて交わすくちづけは甘くて、熱くて。これ以上ないというくらい果てしない愛おしさを生んだ。

あとがき

こんにちは、熊野まゆと申します。あとがきまでお読みくださり本当にありがとうございます。

おかげさまでヴァニラ文庫様、四冊目の本でございます。

今回はハーブのお話……なのですが、ところどころにクマ要素が入っております。今作、けっこうクマクマしくて申し訳ございません！

話がクマへと逸れてしまいました。ハーブです、ハーブ。

もとはそれほど詳しくなく、プロットでＯＫをいただいたあと資料を揃えて勉強しました。

関連書籍を拝読し、知れば知るほどハーブの素晴らしさに惹かれていきました。

いちばん身近に感じられたのはやはりハーブティーでしたね。作中に登場するハーブティーのほとんどを、飲んで試しました。

ヒロインであるローズマリーの兄ノーマンは花粉症ですね。エルダーフラワーティーはスパイシーで、初めて飲んだとき「うぉっ、これは⁉」と思ったのですが、何度か飲むうちにすっかり慣れて、美味しいと思うようになりました。

もしかしたらノーマンも、そのような感じでハーブティーに慣れていったのかもしれません。

ところで熊野は朝型人間でして、夜は十時までに寝ます。朝は四時頃に起きて目覚めの緑茶を二〜三杯飲んでおります。

その後は菓子などをつまみながらノートパソコンのキーボードをカタカタカタ……という感じですね。

えっ？　熊野の生態はどうでもいい？

あ、そうですよね。ですがもう少しお付き合いいただけると！

もともとお茶好きな熊野ですが、このお話を書いて以来カレンデュラのハーブティーを毎日飲んでおります。なんとなく腸の調子がよい気がします。

ハーブの種類によっては飲用の際に禁忌事項（アレルギー、妊娠中の方への影響、他のお薬との飲み合わせなど）がありますので、皆様におかれましてはよくお調べになってからお楽しみいただければと思います……と、熊野に言われずとも皆様ご存知かとは思いますが、念のため！

お薬といえば、この仕事を始めてから目薬をさすようになりました。

ドラッグストアで店員さんに「パソコンの画面ばっかり見ていて、夕方には目が真っ赤になってるんですが……」と相談したところ、そういった疲れによい目薬をおすすめしてもらい、購入。

いざ目薬をさそうとするも……目に入らない！

白目を剝けばよいのだと頭ではわかっているのですが、目薬が落ちてくるとどうもとっさに目を瞑ってしまって、目薬は目とは違うところに落ちて、どんどん無駄に消費しています。目薬ボトルの半分くらいは目に入らずという感じですね……。

そんなこんなで、目薬はついこのあいだ買ったばかりなのにもうなくなりそうです。また買いにいかなければ……と、またまた余談失礼しました。

イラストご担当の氷堂れん先生、このたびはとっても素敵なローズマリーとジェイラスを描いてくださり本当にありがとうございました。

ローズマリーの編み込みヘアがとてもかわいらしいです。それから、ジェイラスのなんと美しいこと……！

挿絵で拝見した彼が、熊野がイメージしていたとおりの表情をしておりまして、感動しました。重ねて御礼申し上げます。

担当編集者の皆様。いつもたいへんお世話になっております、ありがとうございます。おかげさまでいつも楽しく執筆に励んでおります。

一緒に作品のことを考えてくださる編集者様の存在は心強いです。ひとりぼっちでは、書けません。熊野ひとりでは絶対に紡げない物語なのです。心より感謝しております。

そして、本書の制作に携わってくださったすべての方々に、御礼申し上げます。

末筆《まっぴつ》ながら、読者の皆様。本書をお手にとってくださりありがとうございます。書かせていただけること、読んでいただけることが本当に嬉しくて、幸せです。皆様がいてくださるからこその熊野です。

どうかこれからも皆様とご縁を持てますようにとお祈りしつつ、今後ともどうぞ熊野をよろしくお願い申し上げます。

最後までお付き合いくださり、ありがとうございました！

熊野まゆ